hisae iwaoka

岩岡ヒサエ

LA CITE SATURNE

1

hisae iwaoka 岩岡ヒサエ

LA CITÉ SATURNE

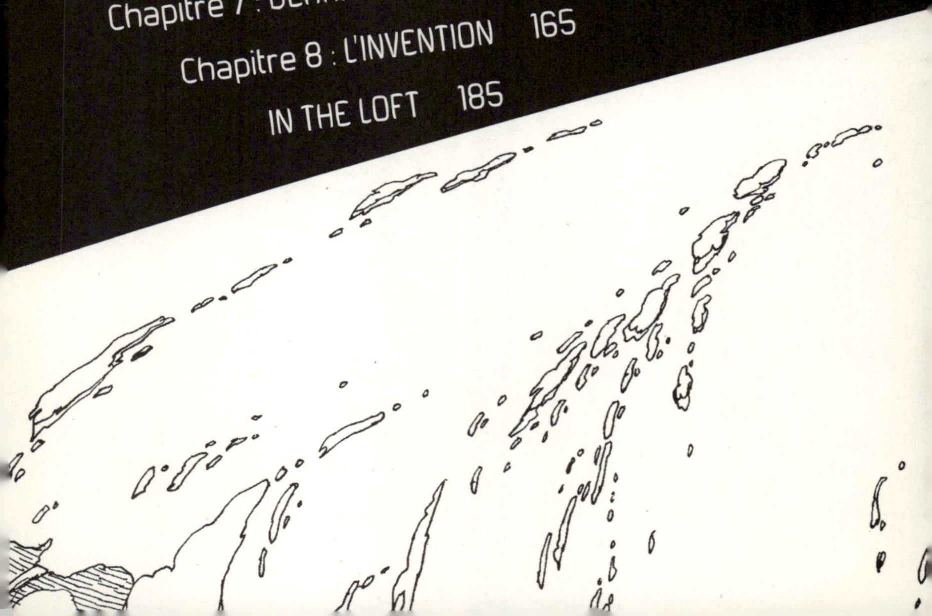

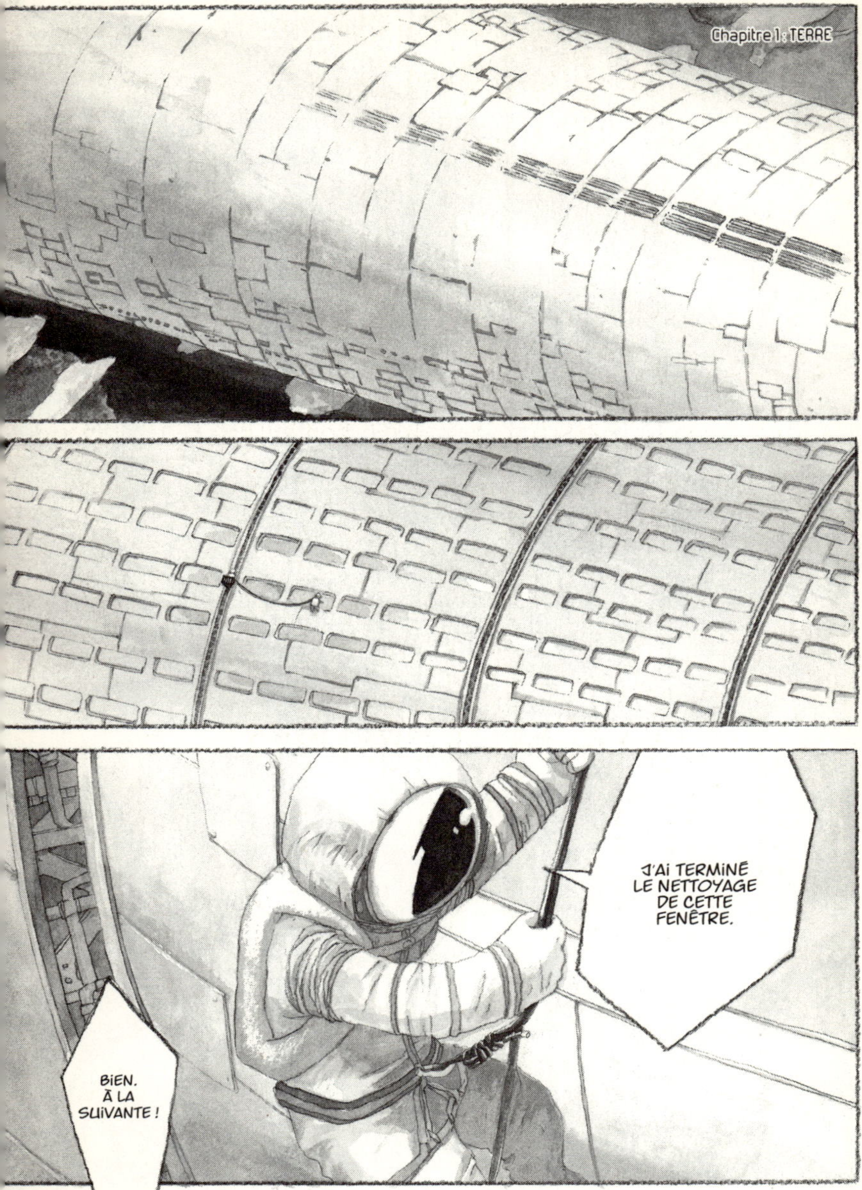
Chapitre 1 : TERRE
J'AI TERMINÉ LE NETTOYAGE DE CETTE FENÊTRE.
BIEN. À LA SUIVANTE !

Chapitre 1 : TERRE

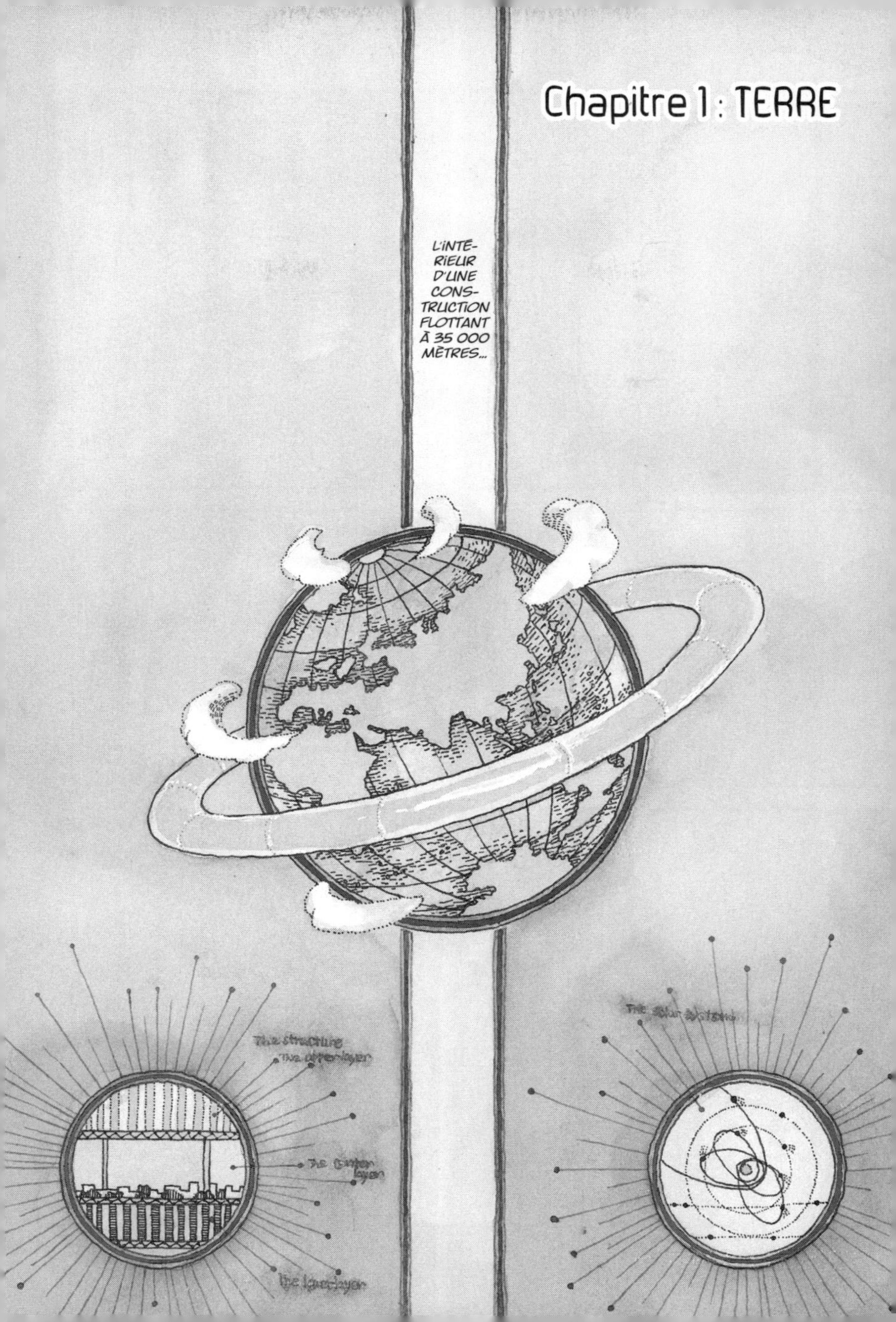

... AU-DESSUS DE LA SURFACE DE LA TERRE...

UN COMPLEXE RÉSIDENTIEL LOGÉ DANS UN ANNEAU GIGANTESQUE FAISANT LE TOUR DE LA TERRE, DIVISÉ EN TROIS NIVEAUX : INFÉRIEUR, MÉDIAN ET SUPÉRIEUR.
UNE FOIS QUE VOUS AUREZ VOTRE DIPLÔME, VOUS RESTEREZ À JAMAIS DES ANCIENS DE CETTE ÉCOLE...
NOUS SOMMES NÉS ET NOUS AVONS ÉTÉ ÉLEVÉS DANS CET IMMENSE COMPLEXE RÉSIDENTIEL.
... VOUS SEREZ AMIS POUR TOUJOURS ET VOUS NE FEREZ PAS DE DISCRIMINATION...
EN EFFET, LA TERRE EST DEVENUE UNE ZONE PROTÉGÉE ET IL EST INTERDIT D'Y ALLER.
MITSU...
...

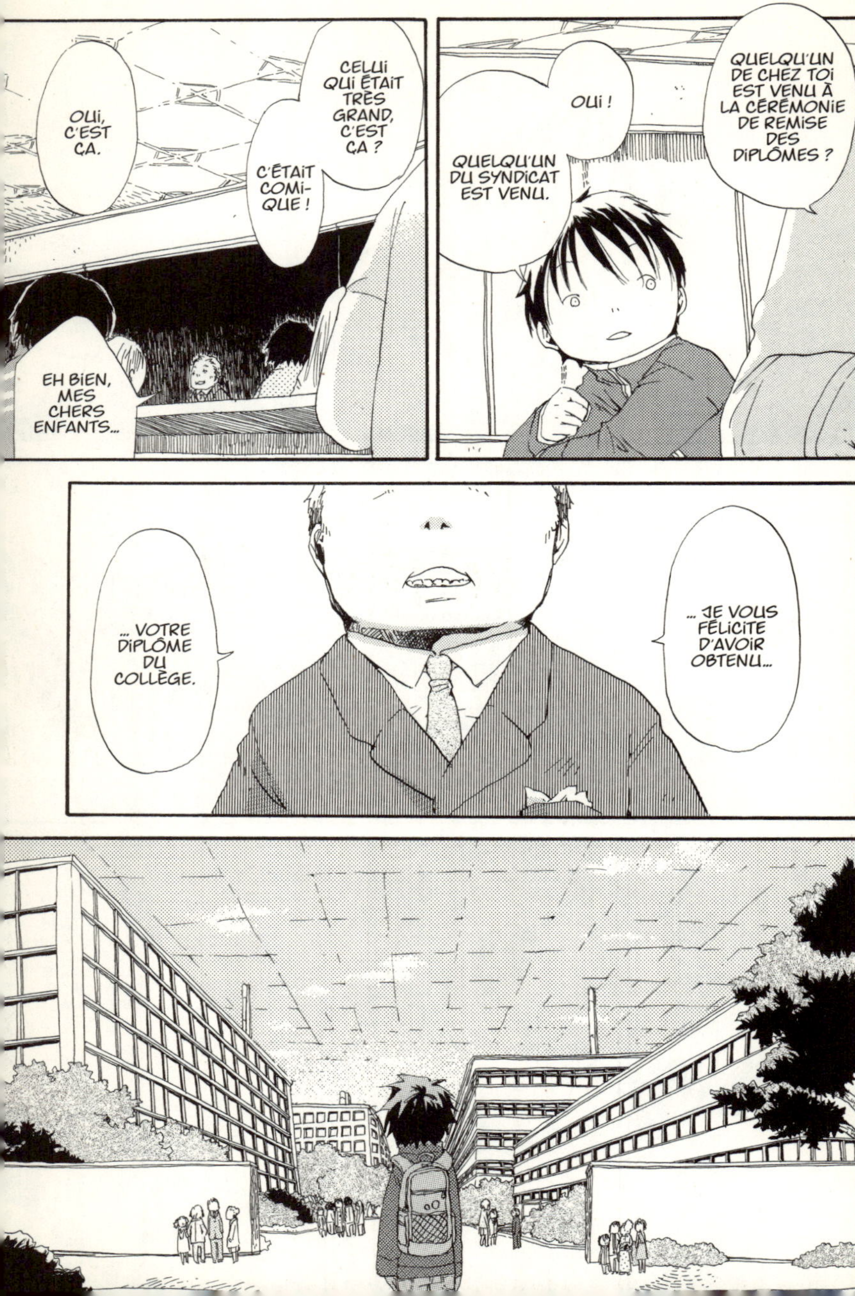
QUELQU'UN DE CHEZ TOI EST VENU À LA CÉRÉMONIE DE REMISE DES DIPLÔMES ?
OUI !
QUELQU'UN DU SYNDICAT EST VENU.
CELUI QUI ÉTAIT TRÈS GRAND, C'EST ÇA ?
C'ÉTAIT COMI-QUE !
OUI, C'EST ÇA.
EH BIEN, MES CHERS ENFANTS…
… JE VOUS FÉLICITE D'AVOIR OBTENU…
… VOTRE DIPLÔME DU COLLÈGE.

MITSU...
... TU EN AS MIS, DU TEMPS !
のそ
AH !
MONSIEUR KAGEYAMA, MERCI D'ÊTRE VENU À LA CÉRÉMONIE !
VÊTEMENTS TROP SERRÉS
ON NE M'AURA PLUS À PORTER UN COSTUME !
MERCI BEAUCOUP !
LES VIEUX DU SYNDICAT ONT DIT QUE TU NE DEVRAIS PAS RENDRE L'ARGENT DE LA BOURSE QUE TU AS REÇUE.
ET PUIS, TOUT LE MONDE DOIT UNE FIÈRE CHANDELLE À TON PÈRE.
MAIS NON ! JE REMBOURSERAI CET ARGENT !
JE SUIS SÛR QUE, S'ILS VIVAIENT ENCORE, TES PARENTS SERAIENT TRÈS HEUREUX DE VOIR QUE TU AS REÇU UNE BONNE ÉDUCATION.
...
ボソ
Chuchotement
EN CE QUI CONCERNE PAPA, JE N'EN SUIS PAS SI SÛR.

EN TOUT CAS, JE N'ÉTAIS PAS VENU EN VILLE DEPUIS LONGTEMPS !
EH OUI, QUAND VOUS ALLEZ TRAVAILLER, VOUS NE FAITES QUE TRAVERSER LE NIVEAU INTERMÉDIAIRE AVEC L'ASCENSEUR.
ÇA FAIT VRAIMENT LONG-TEMPS.
JE VAIS RAPPORTER UNE FLEUR EN SOUVENIR...
?
INTERDICTION DE MARC
SUR LA PELOUSE
JE PEUX BIEN FAIRE ÇA, NON ?
Pour ma fille !
Mais c'est un bien appartenant au pays !
NON ! VOUS ALLEZ ÊTRE PUNI !!
TRWIT
VOUS ALLEZ VENIR AVEC MOI.
HÉ !
Au revoir !

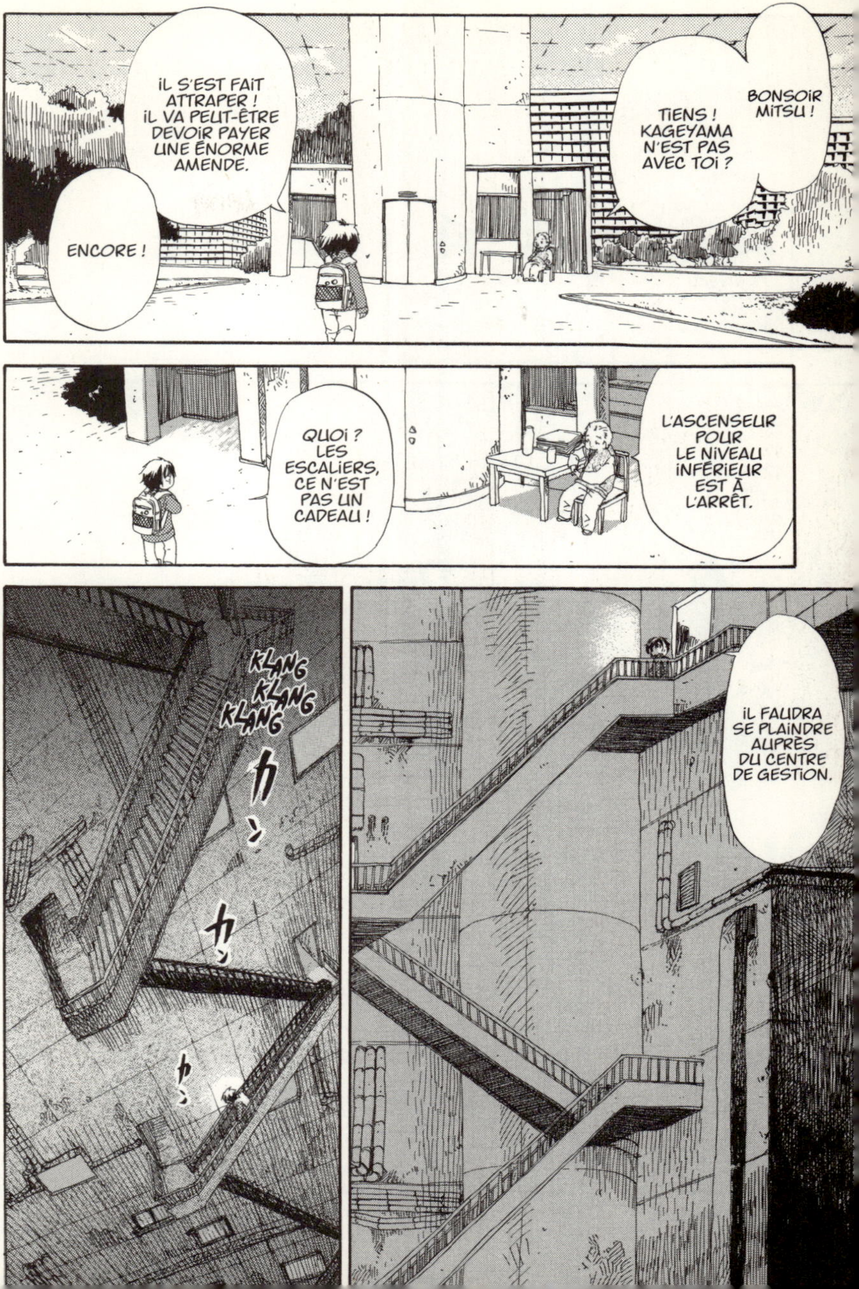
BONSOIR MITSU !
TIENS ! KAGEYAMA N'EST PAS AVEC TOI ?
IL S'EST FAIT ATTRAPER ! IL VA PEUT-ÊTRE DEVOIR PAYER UNE ÉNORME AMENDE.
ENCORE !
L'ASCENSEUR POUR LE NIVEAU INFÉRIEUR EST À L'ARRÊT.
QUOI ? LES ESCALIERS, CE N'EST PAS UN CADEAU !
IL FAUDRA SE PLAINDRE AUPRÈS DU CENTRE DE GESTION.
KLANG KLANG KLANG
カン
カン
カン

BON-
JOUR !
OH, MITSU ! BONSOIR !
IL PARAIT QUE TU AS OBTENU TON DIPLÔME ? FÉLICITA-
TIONS !
WAH !
TU VAS VENIR TRAVAILLER DEMAIN, N'EST-CE PAS ?
ON COMPTE SUR TOI !
FROFF
FROFF
OUI.

CES DERNIERS TEMPS, PERSONNE N'A ENVIE DE NETTOYER LES VITRES.
C'EST EXTRÊMEMENT DANGEREUX ET LE SALAIRE N'EST PAS ÉLEVÉ POUR AUTANT.
SI MITSU ENTRE DANS L'ÉQUIPE, ÇA METTRA PEUT-ÊTRE UN PEU D'ANIMATION.
N'EST-CE PAS, JIN ?
TU AS DE LA CHANCE DE FAIRE ÉQUIPE AVEC JIN, MITSU !
TAK
il les ignore.
UN SUPER-VÉTÉRAN !
OUI !
MONSIEUR JIN...
... JE M'EN REMETS À VOTRE BIENVEILLANCE.
ZAM ZAM ZAM
ZAM ZAM ZAM
MON PÈRE AUSSI A BÉNÉFICIÉ DE VOS BONS CONSEILS.
GRMBL
C'ÉTAIT UN BRAVE TYPE.
IL AVAIT DU COEUR À L'OUVRAGE !
AH OUI ?

J'AI POURTANT L'IMPRESSION QU'IL N'A JAMAIS RÉUSSI À FAIRE PARFAITEMENT SON TRAVAIL, ET J'EN SUIS DÉSOLÉ.
BAM
TU DIS DU MAL DE TON PÈRE DÉFUNT ?
QU'EST-CE QUE C'EST QUE CES MANIÈRES ?
CE N'ÉTAIT PAS MON INTENTION.
PAR-DONNEZ-MOI.
ALORS, C'EST ENCORE PIRE.
CE GENRE DE BADINERIE NE LUI AURAIT SÛREMENT PAS PLU.

JE RESPECTE MON PÈRE, MAIS JE VISE PLUS HAUT QUE LUI...
ÇA AUSSI, C'EST UNE PLAISANTERIE ?
IL Y A 5 ANS...
... MON PÈRE A DISPARU AU COURS DE SON TRAVAIL.
IL ÉTAIT NETTOYEUR DE VITRES. IL DEVAIT NETTOYER LES VITRES DE LA PAROI EXTÉRIEURE DU SYSTÈME ANNULAIRE, 35 000 MÈTRES AU-DESSUS DE LA TERRE.
TRAVAILLER À L'EXTÉRIEUR NÉCESSITE UN MATÉRIEL COÛTEUX.
POUR CETTE RAISON, CE SONT PRESQUE TOUJOURS LES GENS DU NIVEAU SUPÉRIEUR QUI FONT APPEL À NOUS.
MAIS EN DE TRÈS RARES OCCASIONS...
... DES GENS DU NIVEAU INFÉRIEUR NOUS ENGAGENT.
QU'EST-CE QUE C'EST ?
UNE PHOTO DE LA TERRE.
DEMAIN, J'IRAI TRAVAILLER SUR LA PARTIE INFÉRIEURE DU SYSTÈME ANNULAIRE, ALORS, JE LA VERRAI PEUT-ÊTRE.

J'AIMERAIS BIEN DESCENDRE SUR TERRE.
HEIN, DIS !
TU ME RACONTERAS À QUOI ÇA RESSEMBLE, HEIN !
TU ME RACONTERAS, HEIN, PAPA !
C'EST BIEN, ÇA ?
ゴロ～ン
ROLL
ゴロ～ン
ROLL
MITSU, JE SUIS SÛR QU'IL VA BIEN.
C'EST LE SOIR QU'ON A ANNONCÉ LA NOUVELLE.
... J'AI RI, MAIS JE NE M'EN SOUVIENS PLUS TRÈS BIEN.
JE PENSE QU'À CE MOMENT-LÀ...

ÇA NE VA PAS ! IL N'Y A PAS DE RÉPONSE !
TU ÉTAIS LÀ, NON ?
C'EST FICHU.
LES HEURES DE TRAVAIL SONT PASSÉES DEPUIS LONGTEMPS.
8 HEURES...
TOUT CE QU'IL NOUS RESTAIT DE LUI, C'ÉTAIT UNE CORDE COUPÉE.
IL FAIT - 42 °C ET IL N'Y A PRESQUE PAS D'OXYGÈNE...
LA COMMUNICATION EST TOUJOURS COUPÉE.
PUISQU'ON JUGEAIT QUE MON PÈRE ÉTAIT MORT, JE ME SUIS DEMANDÉ S'IL N'AVAIT PAS ESSAYÉ D'ALLER SUR LA TERRE.
OUI, EN M'ABANDONNANT, MOI, ET TOUT LE RESTE.
J'AVAIS L'IMPRESSION QUE PAPA AVAIT LUI-MÊME COUPÉ LA CORDE.

MITSU, IL PARAIT QUE TU T'ES ENTRAÎNÉ POUR CE TRAVAIL AVANT MÊME D'OBTENIR TON DIPLÔME...
OUI.
J'AI APPRIS LES GRANDES LIGNES DU TRAVAIL.
TU ES TROP SÉRIEUX !
TU NE DOIS PAS RENDRE L'ARGENT DE LA BOURSE !
MAIS NORMALEMENT, ÇA SE REMBOURSE, NON ?
C'EST CE CÔTÉ-LÀ QU'ON N'AIME PAS CHEZ TOI !
QUOI !?
PARDON.
Petite pomme, va.
NOUS SOMMES VENUS LE MOIS DERNIER...
AH OUI, UNE DEMANDE POUR LE NIVEAU INFÉRIEUR, N'EST-CE PAS ?
NOUS AVONS REFUSÉ, NON ?
MAIS POURQUOI REFUSEZ-VOUS NOTRE DEMANDE ?
DEPUIS UN ACCIDENT SURVENU IL Y A 5 ANS, NOUS N'ACCEPTONS PLUS DE TRAVAIL POUR LE NIVEAU INFÉRIEUR. LA STRUCTURE REND LE TRAVAIL TROP DIFFICILE.
C'EST POUR UN MARIAGE, N'EST-CE PAS ? QUELLE TRAGÉDIE SI UN ACCIDENT SE PRODUISAIT !

COMME LA POUSSIÈRE RECOUVRE LES FENÊTRES DU NIVEAU INFÉRIEUR, ON NE VOIT PAS L'EXTÉRIEUR.
EN PLUS, LA LUMIÈRE NE PARVIENT PAS DU TOUT À L'INTÉRIEUR.
NOUS VOUDRIONS UNE CÉRÉMONIE QUI SE DÉROULE À LA LUMIÈRE NATURELLE, PAS À LA LUMIÈRE ARTIFICIELLE.
IL N'Y A RIEN DE BIZARRE À ÇA, N'EST-CE PAS ?
C'EST MON RÊVE DEPUIS TOUJOURS.
NOUS AVONS MÊME APPORTÉ L'ARGENT POUR CELA.
JE VOUS EN PRIE.
...
POURQUOI NE PAS ACCEPTER ?
JE PENSE QU'UN JOUR NOUS ACCEPTERONS DE NOUVEAU DE TRAVAILLER AU NIVEAU INFÉRIEUR...
... ET NOUS DEVONS RÉFLÉCHIR À UNE ORGANISATION DU TRAVAIL QUI SOIT SÛRE...

ET SI CELA N'AVAIT PAS...
... ÉTÉ UN ACCIDENT EN RÉALITÉ ?
TU N'AS QU'À LE FAIRE, ALORS.
EUH ?
HOP よっ
C'EST VRAI QUE NOUS RECOMMENCERONS SÛREMENT À TRAVAILLER POUR LE NIVEAU INFÉRIEUR.
MAIS C'EST LUI QUI FERA LE TRAVAIL, PUISQUE C'EST LUI QUI EN A PARLÉ !
OOH! ざわ
OOH! ざわ
TU ES D'ACCORD ?
VOUS POUVEZ COMPTER SUR LUI.
IL FERA DU BON TRAVAIL.
IL FERA ÉQUIPE AVEC MOI, ALORS, LE TRAVAIL SERA BIEN FAIT !
AU REVOIR !

BONSOIR, MITSU !
MON MARI N'EST PAS AVEC TOI ?
SLAM
?
VLAM ばたり
BLA BLA
ザワ ザワ
LA FILLE AVAIT VRAIMENT APPORTÉ L'ARGENT ! UNE SOMME PAREILLE, CE N'EST PAS ÉVIDENT À RASSEMBLER.
MITSU, BON COURAGE POUR TON PREMIER TRAVAIL !
SUIS-JE CAPABLE DE FAIRE UN TRAVAIL SI IMPORTANT ?
PUISQUE TU ES AVEC JIN, TU NE RISQUES RIEN.

JIN PENSE À BEAUCOUP DE CHOSES.
IL PENSE À TOI AUSSI.
NE T'INQUIÈTE PAS, ET APPRENDS UN MAXIMUM !
...
...
JIN NE SERAIT TOUT DE MÊME PAS CAPABLE DE ME TUER...
MGMM
BIEN.
LA PRESSION DE LA PIÈCE DIMINUE PROGRES-SIVEMENT. TU PEUX METTRE TA COMBINAISON MAINTENANT.
IL FAUT 7 HEURES POUR S'HABITUER À LA DIFFÉRENCE DE PRESSION DANS LA COMBINAISON DE TRAVAIL.
NOUS ALLONS SORTIR À PARTIR DU NIVEAU SUPÉRIEUR, ET DESCENDRE AVEC L'ASCENSEUR.
ENTENDU.

CONTRÔLE RADIO.
O.K.
MONSIEUR JIN, JE M'EN REMETS À VOUS.
HM...
AUJOURD'HUI, IL Y A PEU DE VENT.
MÊME SI NOUS SOMMES DANS LA STRATOSPHÈRE, IL ARRIVE QUE LE VENT SOUFFLE. SOIS SUR TES GARDES.
OUI.
KLONG
KLONG
KLONG
わあ
WAH !
DES ÉTOILES FILANTES !
PARFOIS, ELLES NOUS HEURTENT !

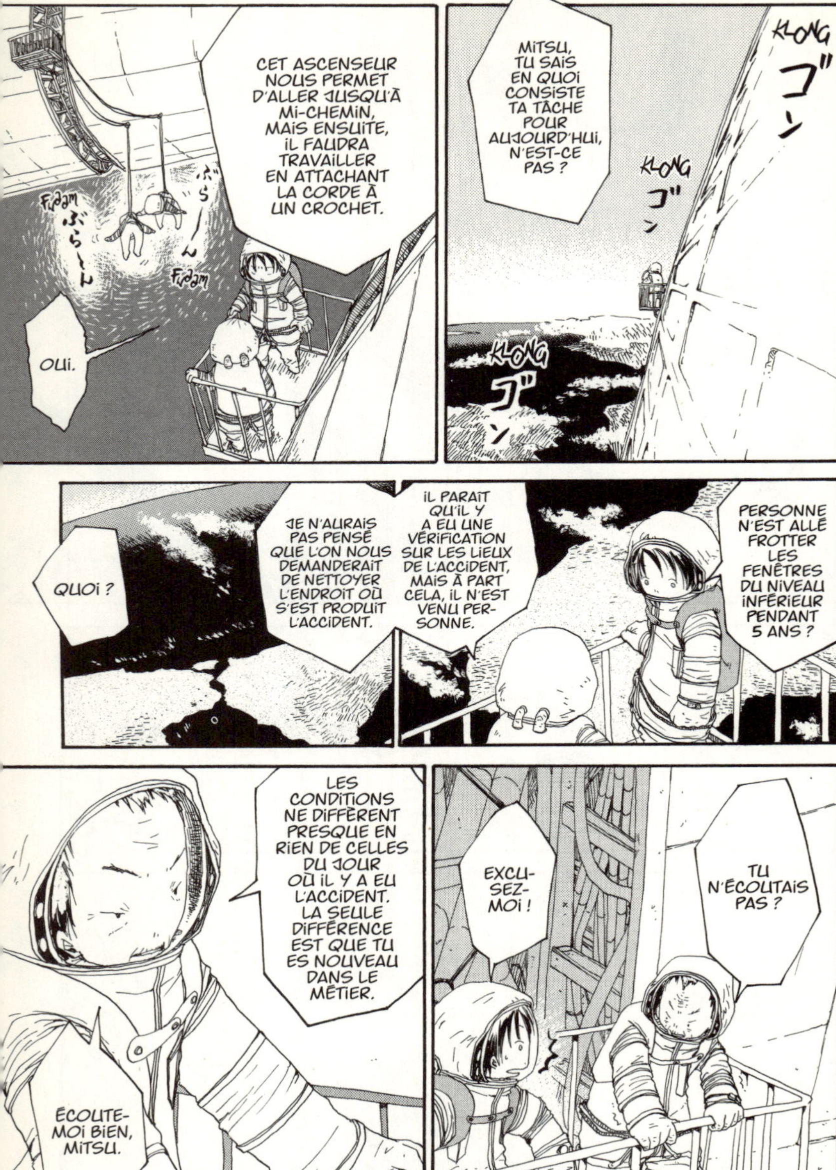
KLONG
ゴン
KLONG
ゴン
KLONG
ゴン
MITSU, TU SAIS EN QUOI CONSISTE TA TÂCHE POUR AUJOURD'HUI, N'EST-CE PAS ?
CET ASCENSEUR NOUS PERMET D'ALLER JUSQU'À MI-CHEMIN, MAIS ENSUITE, IL FAUDRA TRAVAILLER EN ATTACHANT LA CORDE À UN CROCHET.
FURAM
ぶらーん
FURAM
ぶらーん
OUI.
PERSONNE N'EST ALLÉ FROTTER LES FENÊTRES DU NIVEAU INFÉRIEUR PENDANT 5 ANS ?
IL PARAIT QU'IL Y A EU UNE VÉRIFICATION SUR LES LIEUX DE L'ACCIDENT, MAIS À PART CELA, IL N'EST VENU PERSONNE.
JE N'AURAIS PAS PENSÉ QUE L'ON NOUS DEMANDERAIT DE NETTOYER L'ENDROIT OÙ S'EST PRODUIT L'ACCIDENT.
QUOI ?
TU N'ÉCOUTAIS PAS ?
EXCUSEZ-MOI !
ÉCOUTE-MOI BIEN, MITSU.
LES CONDITIONS NE DIFFÈRENT PRESQUE EN RIEN DE CELLES DU JOUR OÙ IL Y A EU L'ACCIDENT. LA SEULE DIFFÉRENCE EST QUE TU ES NOUVEAU DANS LE MÉTIER.

CE TRAVAIL N'EST PAS UN TRAVAIL OÙ L'ON MEURT.
MÊME SI ON EST DÉTERMINÉ À DONNER SA VIE, IL NE FAUT PAS LE FAIRE À LA LÉGÈRE !
BIEN.
KLONG KLONG
NOUS SOMMES ARRIVÉS.
KAKLONG

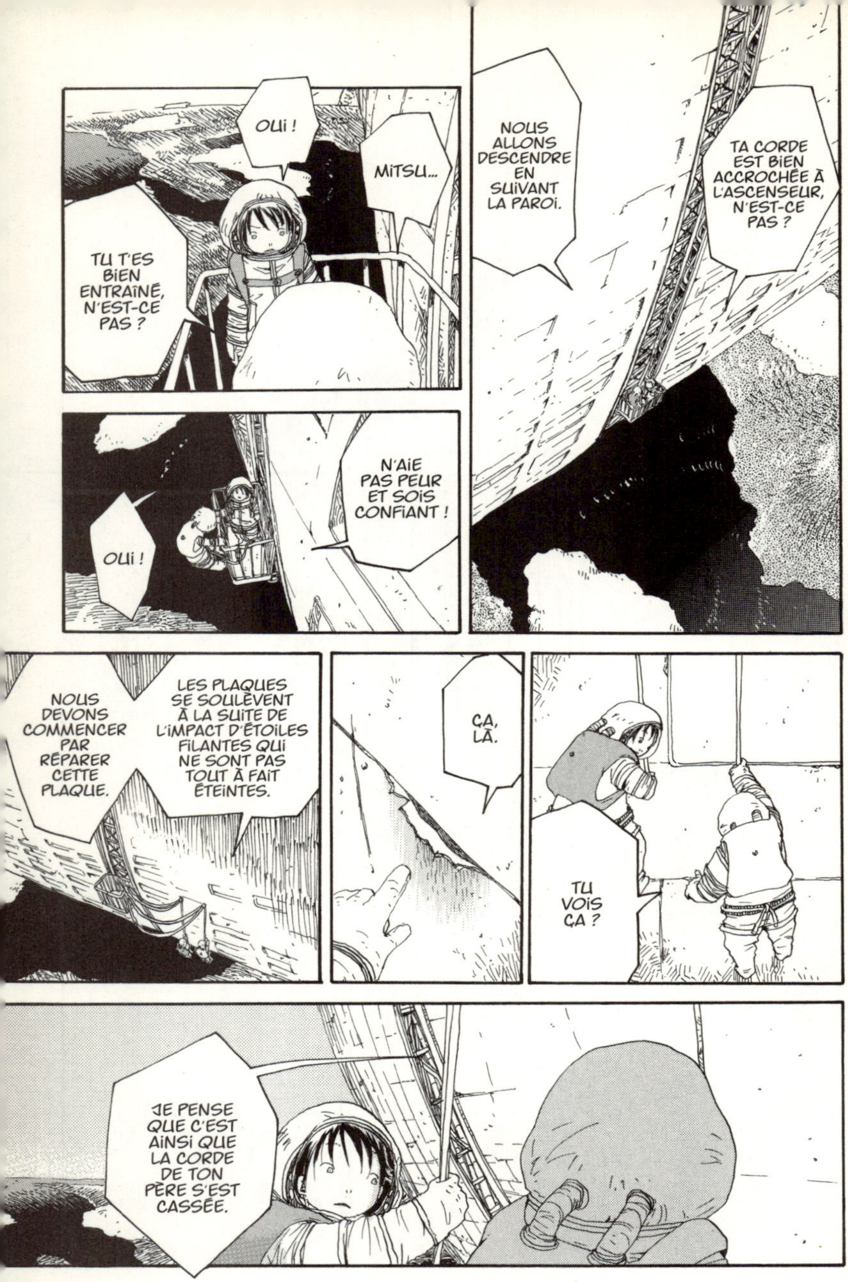
TA CORDE EST BIEN ACCROCHÉE À L'ASCENSEUR, N'EST-CE PAS ?
NOUS ALLONS DESCENDRE EN SUIVANT LA PAROI.
MITSU...
OUI !
TU T'ES BIEN ENTRAÎNÉ, N'EST-CE PAS ?
N'AIE PAS PEUR ET SOIS CONFIANT !
OUI !
TU VOIS ÇA ?
ÇA, LÀ.
LES PLAQUES SE SOULÈVENT À LA SUITE DE L'IMPACT D'ÉTOILES FILANTES QUI NE SONT PAS TOUT À FAIT ÉTEINTES.
NOUS DEVONS COMMENCER PAR RÉPARER CETTE PLAQUE.
JE PENSE QUE C'EST AINSI QUE LA CORDE DE TON PÈRE S'EST CASSÉE.

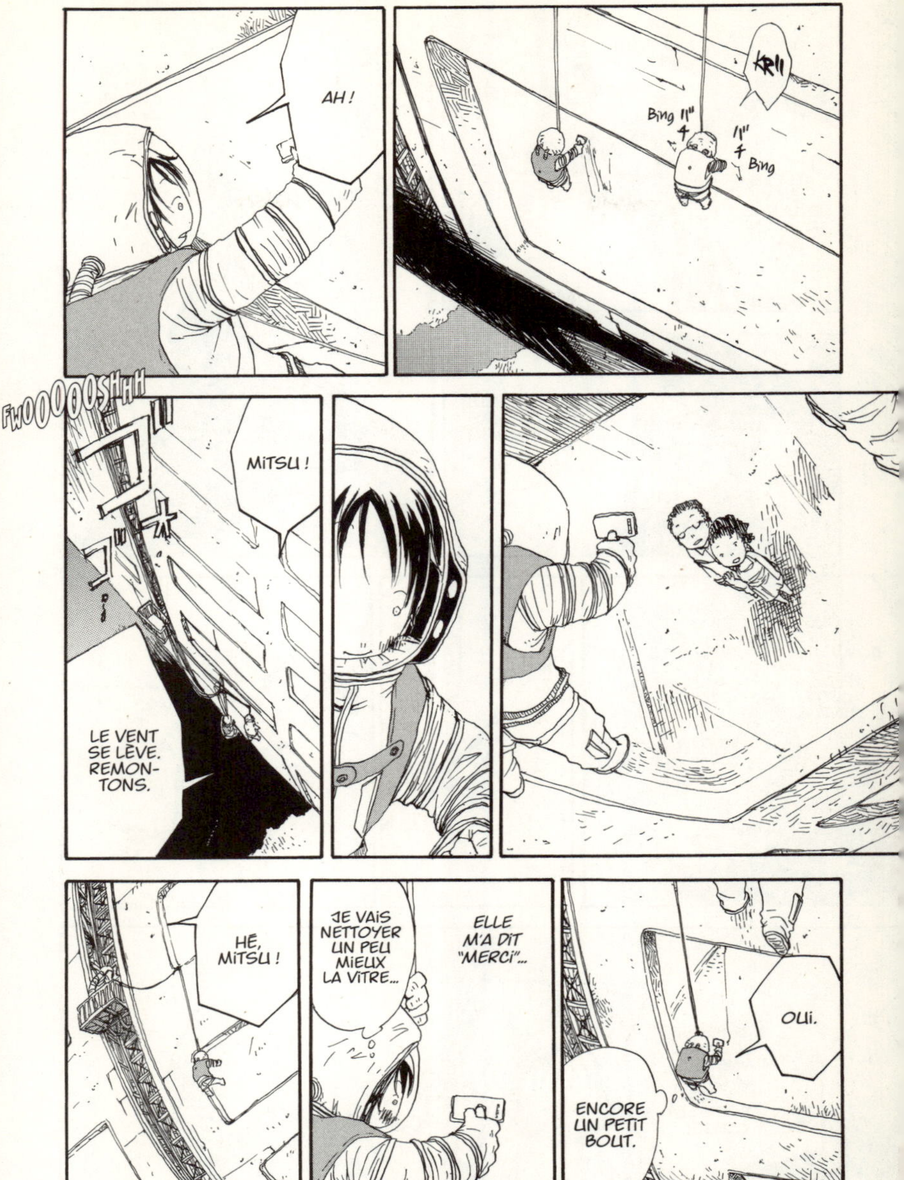
AH !
KR!!
Bing !!"
!!" Bing
FWOOOOOSHHH
LE VENT SE LÈVE. REMONTONS.
MITSU !
HÉ, MITSU !
JE VAIS NETTOYER UN PEU MIEUX LA VITRE...
ELLE M'A DIT "MERCI"...
OUI.
ENCORE UN PETIT BOUT.

IDIOT ! LE VENT ARRIVE !
FWUMM
EUH !?
RING
FWOOOOOOSHHH
KLANG
UH !
FWOOSHHH
OUAH !

JE SUIS ASPIRÉ.
JE NE PEUX PAS DÉTOURNER LE REGARD.

MON CORPS TREMBLE.
JE NE SUIS PAS LIBRE DE MES MOUVEMENTS.
ふわ…
TOUT EST FINI...
MITSU !!
SI TON CORPS FLOTTE...
... ENROULE LA CORDE AUTOUR DE TON BRAS.

KLANG
NE T'ÉVANOUIS SURTOUT PAS !
GARDE LES YEUX OUVERTS !

PLEIN DE TRACES DE DOIGTS...
PAPA...
KHEUH!
KHEUH!
...
...A DONC TENTÉ DE RESTER EN VIE...?

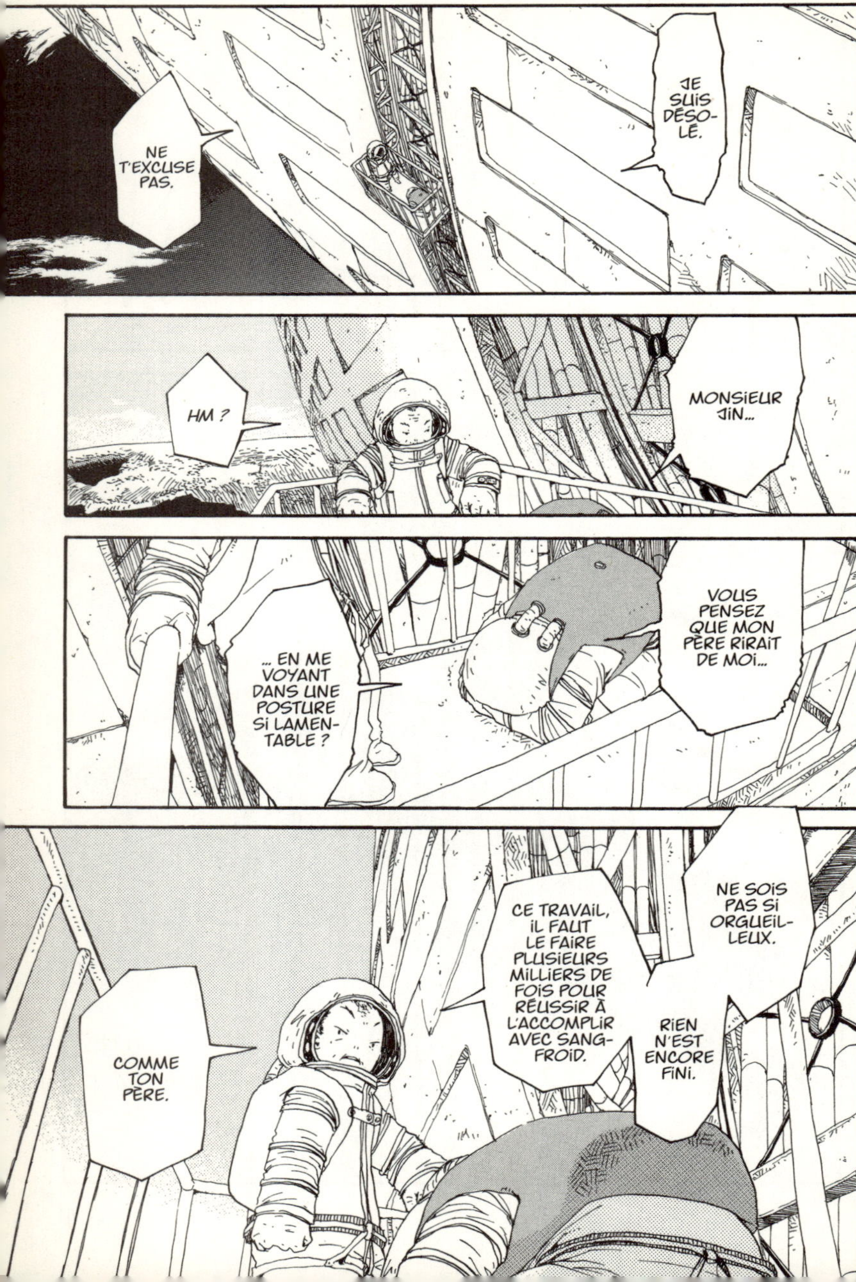
JE SUIS DÉSOLÉ.
NE T'EXCUSE PAS.
MONSIEUR JIN...
HM ?
VOUS PENSEZ QUE MON PÈRE RIRAIT DE MOI...
... EN ME VOYANT DANS UNE POSTURE SI LAMENTABLE ?
NE SOIS PAS SI ORGUEILLEUX.
CE TRAVAIL, IL FAUT LE FAIRE PLUSIEURS MILLIERS DE FOIS POUR RÉUSSIR À L'ACCOMPLIR AVEC SANG-FROID.
RIEN N'EST ENCORE FINI.
COMME TON PÈRE.

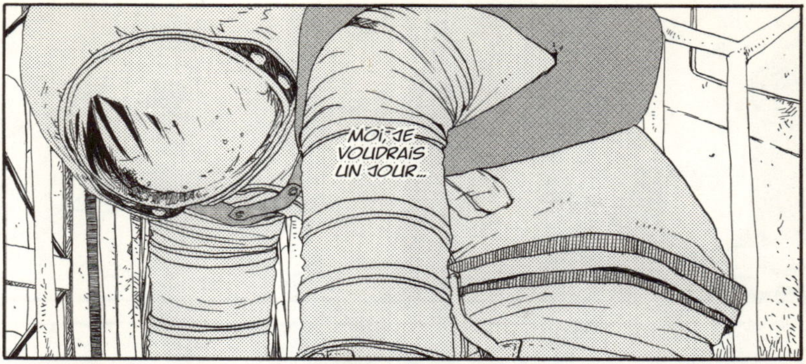
MOI, JE VOUDRAIS UN JOUR...

... RETROUVER L'ENDROIT OÙ PAPA EST TOMBÉ.

Chapitre 2 : TRAVAIL

J'AI LAISSÉ LA TÉLÉVISION ALLUMÉE...
CETTE FOIS, L'OBJECTIF EST DE...
FROFF
もぞ…
UHHH
ぐむ むむぅ
ZUT ! JE ME LÈVE !
FWOM
のそ
FINALEMENT, JE N'AI PAS PU TERMINER MON TRAVAIL.
TU N'ES PAS EN ÉTAT DE CONTINUER.
KYUK
キュ
JE VIENDRAI FAIRE LE RESTE AVEC UN AUTRE GARS.
AUJOURD'HUI, ON S'EN VA.
GLOUP
こく…
C'EST DOMMAGE.

SLRRP
たり
MONSIEUR KAGEYAMA !!
BAM
OH ! MITSU !
Bonjour !
VOUS N'AURIEZ PAS TOUCHÉ À MON EAU, PAR HASARD ?
C'EST MAUVAIS !
CETTE EAU A ÉTÉ PRODUITE AVEC UNE PILE À COMBUSTIBLE, N'EST-CE PAS ?
OUI !
J'AI TOUCHÉ À TON EAU.
ぎゅ
KYUK
ぎゅ
KYUK
MAIS POURQUOI ?
TU N'AS PAS EU LA BONTÉ D'EXPLIQUER À MA FEMME QUE J'AVAIS ÉTÉ ENFERMÉ AU POSTE HIER, HEIN ?
JE VOULAIS QUE TU AIES UNE IDÉE DES DOUTES QU'ELLE A CONÇUS À L'ÉGARD DE SON MARI ABSENT PENDANT TOUTE UNE JOURNÉE, ET DE MA TRAGÉDIE !
AH !
GRRR
GRRRR

HIER, C'ÉTAIT MON PREMIER TRAVAIL !
Changeons de sujet...
OH !
OUI.
ET ALORS, QU'EST-CE QUE ÇA A DONNÉ ?
...
MONSIEUR JIN, QUI A BIEN VOULU FAIRE ÉQUIPE AVEC MOI, ÉTAIT FORMIDABLE.
MOI, JE N'ARRIVAIS À RIEN FAIRE.
J'AI VOLÉ DANS LES AIRS, PUIS J'AI ÉTÉ SAUVÉ.
C'EST INTÉRESSANT COMME SITUATION.
WHUMM WHUMM WHUMM
ブン ブン ブン
MITSU
JIN
NON, CE N'EST PAS ÇA !
UNE RAFALE M'A ENVOYÉ DANS LES AIRS, ET JIN M'A SAUVÉ.
UNE CHANCE QUE TU SOIS SAIN ET SAUF.

OUI.
ENFIN, TOUT LE MONDE SAIT SANS DOUTE DÉJÀ QUE POUR TON PREMIER TRAVAIL...
... TU AS SAUTÉ EN L'AIR.
Volé, pas sauté !
PARCE QUE MÊME SI JIN N'EN A RIEN DIT, VOS CONVERSATIONS SONT ENREGISTRÉES.
HU! HU! HU!
ンフフフ
ON AURA TOUT ENTENDU !

JIN !
COMBIEN DE FOIS NE VOUS L'AI-JE PAS DÉJÀ DIT ? L'ENTRÉE EST INTERDITE AU PUBLIC !
USINE DE BIOGAZ
AH...
NON, PAS "AH" !
VOUS POUVEZ BIEN ME LAISSER ENTRER, NON ? C'EST BIENTÔT LE MOMENT DE LA PAUSE.
ズイ ズイ ズイ ZZZZNN
TAMA-CHI !
J'ÉTAIS DANS LE COIN... MANGEONS ENSEMBLE !
MON TRAVAIL NE COMMENCE QUE CET APRÈS-MIDI, ALORS...
...
REGARDE, J'AI DE QUOI MANGER POUR DEUX.
...

TU POURRAIS PASSER DE TEMPS EN TEMPS AU SYNDICAT !
5 ANS ONT PASSÉ, MAINTENANT.
IL Y A UN NOUVEAU QUI EST ASSEZ INTÉRESSANT !
IL TRAVAILLE AVEC MOI ET IL SE DÉBROUILLE À SA MANIÈRE.
TOC
TOC
MITSU !
DIS ! TU NE VEUX PAS DÉJEUNER AVEC NOUS ?
BAM
MERCI, MADAME KAGEYAMA.
MAIS MAINTENANT QUE JE TRAVAILLE, JE PEUX ME PAYER À MANGER !
AH ! MAIS...!
MERCI BEAUCOUP !

JE ME DEMANDE CE QU'IL A...
TIENS, OÙ EST MITSU ?
IL EST PARTI.
PEUT-ÊTRE QUE QUELQUE CHOSE LE DÉRANGE...
Mitsu !
QUOI DONC ?
LE FAIT QUE NOUS AVONS ESSAYÉ DE LE PRENDRE CHEZ NOUS.
QUAND IL N'A PLUS EU SES PARENTS ET QU'IL S'EST RETROUVÉ SEUL DANS L'APPARTEMENT D'À CÔTÉ...
... NOUS LUI AVONS SIMPLEMENT OFFERT LE COUVERT...
MAIS MÊME S'IL SEMBLE TRÈS ATTACHÉ À NOUS...
... IL CONTINUE QUOI QU'IL ARRIVE À NOUS APPELER MONSIEUR ET MADAME KAGEYAMA.
UN PEU COMME S'IL REFUSAIT D'ENTRER CHEZ NOUS.
POURTANT, PERSONNE NE VA LUI VOLER SON NOM...

EXCUSEZ-MOI, MADAME KAGEYAMA...
TIENS !?
Ça, s'il vous plaît.
AH !?
C'EST VOUS QUI AVEZ FAIT APPEL À NOS SERVICES L'AUTRE JOUR !
BROUHAHA
MERCI ! LA FENÊTRE EST DEVENUE TOUTE PROPRE !
PARDON ! NOUS N'AVONS PAS ENCORE TERMINÉ.
BROUHAHA

COMME IL RESTE QUELQUES JOURS AVANT LE MARIAGE, JE ME SUIS DIT QUE J'ALLAIS TRAVAILLER EN ATTENDANT.
JE VOULAIS VOUS INVITER... VOUS NE VOULEZ PAS ?
NON.
MAINTENANT QUE JE TRAVAILLE, JE PAIE TOUT MOI-MÊME.
AU FAIT, IL PARAIT QUE MA DEMANDE A CORRESPONDU À VOTRE PREMIER TRAVAIL !
C'ÉTAIT UN TRAVAIL AGRÉABLE ?
CRUM もぐ
...
JE SUIS DÉÇU DE NE PAS AVOIR RÉUSSI À TOUT TERMINER.
MAIS QUAND VOUS M'AVEZ DIT "MERCI" DE L'AUTRE CÔTÉ DE LA VITRE...
... ÇA M'A FAIT TERRIBLEMENT PLAISIR.
"MERCI !"

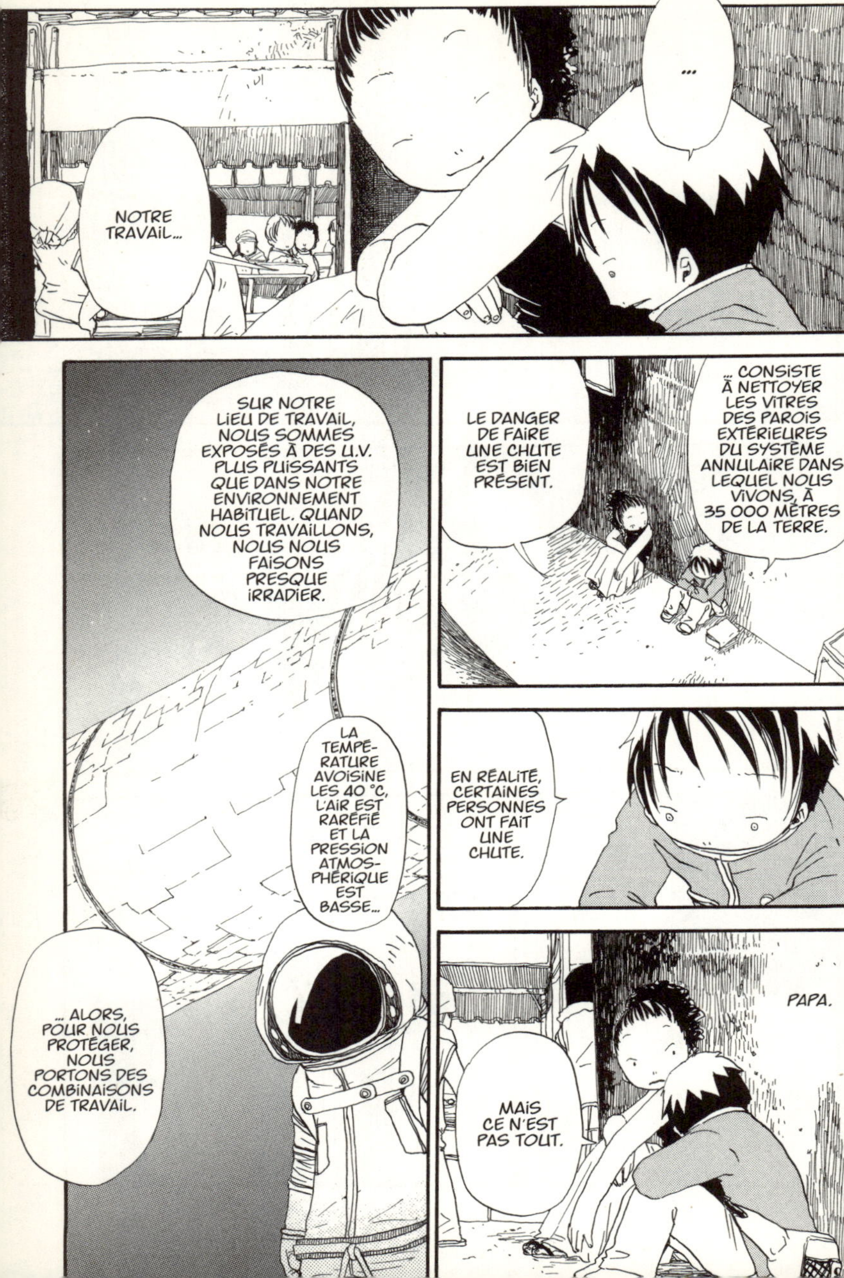
...
NOTRE TRAVAIL...
... CONSISTE À NETTOYER LES VITRES DES PAROIS EXTÉRIEURES DU SYSTÈME ANNULAIRE DANS LEQUEL NOUS VIVONS, À 35 000 MÈTRES DE LA TERRE.
LE DANGER DE FAIRE UNE CHUTE EST BIEN PRÉSENT.
SUR NOTRE LIEU DE TRAVAIL, NOUS SOMMES EXPOSÉS À DES U.V. PLUS PUISSANTS QUE DANS NOTRE ENVIRONNEMENT HABITUEL. QUAND NOUS TRAVAILLONS, NOUS NOUS FAISONS PRESQUE IRRADIER.
LA TEMPÉRATURE AVOISINE LES 40 °C, L'AIR EST RARÉFIÉ ET LA PRESSION ATMOSPHÉRIQUE EST BASSE...
... ALORS, POUR NOUS PROTÉGER, NOUS PORTONS DES COMBINAISONS DE TRAVAIL.
EN RÉALITÉ, CERTAINES PERSONNES ONT FAIT UNE CHUTE.
PAPA.
MAIS CE N'EST PAS TOUT.

POUR GARANTIR NOTRE SÉCURITÉ, NOUS DEVONS BIEN ENTRETENIR NOS COMBI-NAISONS.
COMME TOUT CELA COÛTE ASSEZ CHER, LES NOTES ENVOYÉES AUX CLIENTS SONT ÉLEVÉES.
C'EST POURQUOI LES DEMANDES PROVIENNENT TOUJOURS DE L'ÉTAT, OU DES GENS AUX REVENUS ÉLEVÉS QUI VIVENT AU NIVEAU SUPÉRIEUR.
ALORS, COMMENT SE FAIT-IL QUE VOUS NOUS AYEZ DEMANDÉ DE NETTOYER UNE VITRE ?
VOUS HABITEZ À L'ÉTAGE INFÉRIEUR COMME MOI, N'EST-CE PAS ?
JE N'AURAIS PEUT-ÊTRE PAS DÛ VOUS CONFIER CE TRAVAIL...?
SI !!
JE NE VOULAIS PAS DIRE ÇA ! JE ME DEMANDAIS CE QUI VOUS AVAIT POUSSÉ À FAIRE UNE TELLE DÉPENSE.
IL ME SEMBLAIT QUE LE MARIAGE N'ÉTAIT PAS LA SEULE RAISON...
C'EST VRAI QUE J'AI ÉTÉ INFLUENCÉE PAR MA SOEUR AÎNÉE.

IL Y A 5 ANS, ELLE A DEMANDÉ QUE L'ON NETTOIE UNE FENÊTRE POUR SON MARIAGE.
MAIS LE VENT SOUFFLAIT TROP FORT ET LA FENÊTRE N'A PAS ÉTÉ PRÊTE À TEMPS.
L'ACCIDENT DE PAPA...
JE COMPRENDS... ON NE LUI A PAS DIT LA VÉRITABLE RAISON DU RETARD...
J'AI JETÉ UN COUP D'OEIL PAR LA SEULE PORTION DE LA FENÊTRE QUI AVAIT ÉTÉ NETTOYÉE.
KYUK むぎゅ
PLATT ぺっとり
J'Y AI COLLÉ MON VISAGE...
JE N'ARRIVE PAS À OUBLIER LE PAYSAGE QUE J'AI RÉUSSI À ENTREVOIR.
LE VRAI CIEL ET LA VRAIE SURFACE DE LA TERRE !
AU NIVEAU INFÉRIEUR, IL N'Y A QUE LA LUMIÈRE ARTIFICIELLE.
AVANT DE POUVOIR ACCÉDER AU NIVEAU INTERMÉDIAIRE QUAND ON ENTRE À L'ÉCOLE...
... ON IGNORE À QUEL POINT LA LUMIÈRE NATURELLE FAIT DU BIEN.

LA PREMIÈRE FOIS QUE JE SUIS ALLÉE AVEC MON PÈRE AU NIVEAU INTERMÉDIAIRE...
... LA LUMIÈRE NATURELLE Y ÉTAIT VRAIMENT BELLE.
MA SOEUR AVAIT ÉCONOMISÉ DE L'ARGENT POUR QUE LA VITRE SOIT PROPRE À SON MARIAGE.
UN SACRÉ BUTIN !
ET C'EST PAREIL POUR VOUS ?
HUMM...
むむむ
DANS MON CAS, C'EST UN PEU DIFFÉRENT.
J'ADORAIS LA LUMIÈRE DU NIVEAU INTERMÉDIAIRE, MAIS JE N'AVAIS JAMAIS PENSÉ PAR MOI-MÊME À FAIRE NETTOYER UNE VITRE POUR MON MARIAGE.
EN FAIT, J'AI PRIS CETTE DÉCISION APRÈS AVOIR ÉCONOMISÉ L'ARGENT.
SÔTA... MON FUTUR MARI M'A DEMANDÉ UN JOUR...
“À TON AVIS...
... POURQUOI NE SOMMES-NOUS ÉLOIGNÉS DE LA TERRE QUE DE 35 000 MÈTRES ?”

VOILÀ LA QUESTION QU'IL M'A POSÉE.
EUH...
ほけ
Quelle tête !
IL EST DIFFICILE POUR L'HOMME DE VIVRE DANS UN ESPACE ENTIÈREMENT FERMÉ PENDANT DE NOMBREUSES ANNÉES...
... ET TOUT CE QUI EST ARTIFICIEL LAISSE UN PEU À DÉSIRER.
MAIS CE N'EST PAS LA VÉRITABLE RAISON.
"JE PENSE QUE L'HOMME NE SOUHAITE PAS S'ÉLOIGNER DE LA TERRE."
QUAND IL M'A DIT ÇA, J'AI PENSÉ QUE C'ÉTAIT QUELQU'UN DE BIEN.
MA SOEUR A FAIT APPEL À DES NETTOYEURS DE VITRES.
AH BON ? ÇA A DÛ COÛTER UNE FORTUNE !
¡INCROYABLE ! ELLE AVAIT DÛ ÉCONOMISER PENDANT LONGTEMPS.
Pas mal
FWAM
J'AI BIEN L'IMPRESSION QU'ELLE A COMMENCÉ QUAND ELLE ÉTAIT ENCORE ENFANT.
JE SENS QUE MÊME SI JE CONTINUE MES ÉTUDES, JE PASSERAI MON TEMPS À FAIRE DES CALCULS QUI NE SERVENT À RIEN...
NIVEAU SUPÉRIEUR
NIVEAU INTERMÉDIAIRE
INFRASTRUCTURES PUBLIQUES
NIVEAU INFÉRIEUR
NE T'INQUIÈTE PAS. TU N'AS QU'À TRAVAILLER AU NIVEAU INTERMÉDIAIRE.
En devenant enseignant par exemple.

POUR TRAVAILLER AU NIVEAU INTERMÉDIAIRE UNE FOIS SES ÉTUDES TERMINÉES, IL ÉTAIT NÉCESSAIRE D'AVOIR UN PARCOURS SCOLAIRE ET UNIVERSITAIRE BRILLANT.
SÔTA AVAIT PRÉVU D'ENTRER À L'UNIVERSITÉ...
... ET ENSUITE, IL POURRAIT Y RESTER EN TANT QUE CHERCHEUR.
À CONDITION DU MOINS QU'IL PUISSE PAYER SES ÉTUDES.
QUAND J'AURAI MON DIPLÔME DU LYCÉE, JE FERAI UN PETIT BOULOT AU NIVEAU INFÉRIEUR.
QU'EST-CE QUE C'EST QUE CETTE HISTOIRE ?
TU SAIS BIEN QU'IL EST DIFFICILE DE TRAVAILLER AU NIVEAU INTERMÉDIAIRE ET QU'IL FAUT PASSER DES EXAMENS !
ALORS JE PENSE TRAVAILLER DÈS À PRÉSENT POUR ÉCONOMISER DE L'ARGENT PETIT À PETIT !
TU VERRAS ! J'ÉCONO-MISERAI UNE SOMME ÉNORME !
めら
FWUMM
?
4 ANS PLUS TARD...

SÔTA ! FÉLICITATIONS ! TU AS OBTENU TON DIPLÔME !
AS-TU REMPLI LES FORMALITÉS POUR ENTRER EN MAITRISE ? JE VAIS TE DONNER UN COUP DE MAIN !
J'AI ÉCONOMISÉ POUR ÇA ET...
JUSTEMENT...
IL PARAÎT QUE MÊME SI JE RESTE À L'UNIVERSITÉ, JE NE POURRAI PAS TRAVAILLER ENSUITE AU NIVEAU INTERMÉDIAIRE.
ON NE M'A PAS DONNÉ LA RAISON.
MAIS JE PENSE QUE C'EST PARCE QUE JE VIENS DU NIVEAU INFÉRIEUR.
JE PENSAIS CONSACRER L'ARGENT QUE J'AVAIS ÉCONOMISÉ À PAYER SA MAITRISE.
MOI AUSSI, C'ÉTAIT MON RÊVE DE LE VOIR FAIRE UNE MAITRISE.
J'AI TROUVÉ UN TRAVAIL AUJOURD'HUI.

ON RECHERCHAIT DES TECHNICIENS POUR LA CENTRALE ÉLECTRIQUE.
L'USINE SE TROUVE TOUT EN BAS DU NIVEAU INFÉRIEUR, MAIS JE SUIS SÛR QUE CE QUE J'AI FAIT JUSQU'À PRÉSENT AURA SON UTILITÉ.
APRÈS QU'IL M'EUT ANNONCÉ CETTE NOUVELLE, NOUS NOUS SOMMES TUS UN PETIT MOMENT.
CE QUE J'AI FAIT JUSQU'À PRÉSENT...

POUR MOi, CE N'ÉTAiENT QUE DES SiGNES...
... MAiS J'Ai TROUVÉ ÇA TRÈS BEAU.
QUELQUE TEMPS APRÈS QU'iL A COMMENCÉ À TRAVAiLLER, NOUS AVONS DÉCiDÉ DE NOUS MARiER.
Hé ! Hé ! Hé !
エヘヘ…
C'EST ALORS QUE JE ME SUIS SOUVENUE DE MA SOEUR QUI AVAIT VOULU FAIRE LAVER UNE VITRE.
JE VOULAiS UTiLiSER AVEC FASTE CET ARGENT QUi AVAiT PERDU SA FiNALiTÉ...
... ET JE ME DiSAiS QUE CE SERAiT GÉNiAL Si LA FENÊTRE ÉTAiT TOUTE PROPRE.

NOUS POUVONS VOIR SIMULTANÉMENT LE CIEL ET LA TERRE DONT NOUS N'AVONS PAS EU LE COEUR DE NOUS ÉLOIGNER.
C'EST UN LUXE IMPOSSIBLE AUX NIVEAUX SUPÉRIEUR ET INTERMÉDIAIRE.
MERCI !
JE SUIS VRAIMENT HEUREUSE QUE VOUS AYEZ ACCEPTÉ MA REQUÊTE.
MON-SIEUR JIN !
Y A-T-IL ENCORE MOYEN DE TERMINER LE TRAVAIL D'HIER ?
PERMETTEZ-MOI D'ALLER AVEC VOUS !

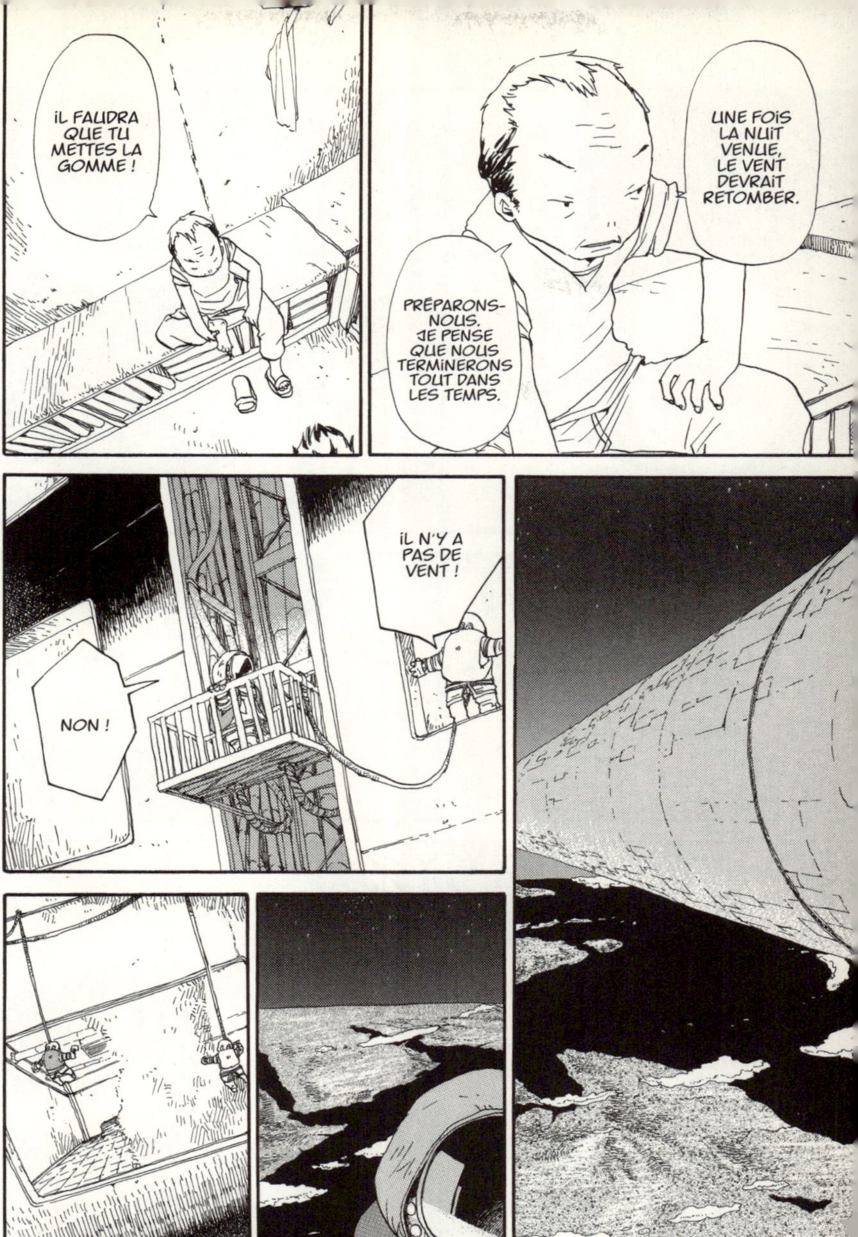
IL FAUDRA QUE TU METTES LA GOMME !
UNE FOIS LA NUIT VENUE, LE VENT DEVRAIT RETOMBER.
PRÉPARONS-NOUS. JE PENSE QUE NOUS TERMINERONS TOUT DANS LES TEMPS.
IL N'Y A PAS DE VENT !
NON !

EN DESCENDANT UN PEU, JE POURRAI TOUCHER L'ENDROIT OÙ SE TROUVENT LES TRACES DE DOIGTS DE PAPA ET LE LAMBEAU DE GANT.
MAIS CE N'EST PAS MON TRAVAIL. MON TRAVAIL EST DE FIXER LA FENÊTRE ET DE LA NETTOYER.
ME CONCENTRER SUR LA FENÊTRE...

C'EST APRÈS L'ACCIDENT DE PAPA QUE L'ENREGISTREMENT DES CONVERSATIONS EST DEVENU OBLIGATOIRE.
MONSIEUR JIN, S'IL VOUS PLAIT !
CES MOTS QUE PRONONCE MONSIEUR JIN AUJOURD'HUI SONT-ILS AUSSI ENREGISTRÉS ?
TU AS UN PEU NÉGLIGÉ LES DÉTAILS, MAIS ÇA IRA COMME ÇA.
J'AI ACHEVÉ MON PREMIER TRAVAIL.

MONSIEUR JIN A PRIS CONGÉ ?
Chapitre 3 : LUMIÈRE
OUI, À CAUSE D'UNE MALADIE SUBITE. DIS-MOI, MITSU, VOUS DEVIEZ TRAVAILLER AUJOURD'HUI ?
OUI.
NOUS DEVIONS NETTOYER UNE VITRE AU NIVEAU SUPÉRIEUR CET APRÈS-MIDI...
ALORS, JE VAIS TE DONNER UN AUTRE PARTENAIRE POUR REMPLACER JIN AUJOURD'HUI.

MAKOTO ! TU ES LIBRE AUJOURD'HUI ?
OUI.
EH BIEN, JE COMPTE SUR TOI.
TAK
ENCHANTE.
C'EST PLUTÔT INATTENDU DE LA PART DE JIN DE S'ABSENTER.
IL A L'AIR SI FORT !
À plusieurs égards.
ÇA LUI ARRIVE PARFOIS.
ET COMME LE LENDEMAIN, IL EST EN PLEINE FORME, C'EST ASSEZ SUSPECT.
MITSU, PUISQUE C'EST CET APRÈS-MIDI QUE TU DOIS TRAVAILLER, VA DONC RENDRE VISITE À JIN CE MIDI.
EUH ?
...
BON.

EN FAIT, JE DOIS ALLER L'ESPIONNER ! C'EST VRAI QUE PLUSIEURS MYSTÈRES SEMBLENT ENTOURER JIN...
EXCUSEZ-MOI...
GARANG
MONSIEUR JIN...
TOC TOC
OUI...?
AH... MAIS !?
TIENS...
J'IMAGINE QUE TU ES MITSU ! MON MARI EST SORTI.
Je suis Haruko, sa femme.
!

ATTENDS UN INSTANT.
JIN NE VIT DONC PAS SEUL.
TIENS.
AH...?
KHEUHH!
ゴホ
KHEUHH!
ゴホ
HM ?
TU VEUX VOIR JIN, N'EST-CE PAS ? JE PENSE QU'IL SERA BIENTÔT DE RETOUR.
OUI.
VOUS AVEZ... UN RHUME ?
OUI, JE SUIS UN PEU MALADE.

JIN EST ALLÉ ME CHERCHER DES MÉDICAMENTS.
AH ! ALORS MONSIEUR JIN VA BIEN !
QUOI ? IL PREND DONC CONGÉ EN DISANT QU'IL EST MALADE ?
OH.
COMME JE SUIS D'UNE CONSTI-TUTION FRAGILE...
... DÈS QUE JE TOUSSE UN PEU, IL S'INQUIÈTE.
ゴホ
KHEUHH !
JE PENSAIS QUE MONSIEUR JIN FAISAIT PASSER LE TRAVAIL AVANT TOUT.
AH OUI...
CELA SIGNIFIE ...
... QUE JE SUIS UN TOUT PETIT PEU PLUS IMPORTANTE POUR LUI QUE SON TRAVAIL.
IL MENT AU SYNDICAT... C'EST MAL !
フフフ
HU HU HU...

KHEUHH!
ゴホ
KHEUHH!
ゴホ
AH!
ビクッ
KHEUHH...
ゴホッ
BAM
ぱたり
BONJOUR!
OH! JIN!
VOICI L'ANTI-TUSSIF.
MERCI.
METS-MOI AUSSI LE REMÈDE HABITUEL.
C'EST DÉJÀ FAIT.
DIS, JIN... TU DOIS CONDUIRE TA FEMME DANS UN HÔPITAL DU NIVEAU INTERMÉDIAIRE, TU SAIS.
CE REMÈDE N'EST JAMAIS QU'UN CALMANT.
JE SAIS.

* PHARMACIE.

QUELQUES MOTS POUR LA RASSURER SONT AMPLEMENT SUFFISANTS.
JE ME DÉBROUILLE AINSI DEPUIS 30 ANS.
JE SAIS QUE TU N'AIMES PAS LES HÔPITAUX, MAIS IL VAUDRAIT MIEUX PRENDRE DES MESURES ADÉQUATES.
SALUT !
...
MAIS, DOCTEUR...
... ON M'AVAIT DIT QUE CE MÉDICAMENT ÉTAIT SÛR.
MAIS IL A DES EFFETS SECONDAIRES...?
NE CROYEZ PAS QUE JE DEMANDE UN DÉDOMMAGEMENT...
MAIS...
... NE PAS POUVOIR AVOIR D'ENFANT...
JE NE VEUX PLUS JAMAIS LUI FAIRE CONNAÎTRE UNE ÉPREUVE PAREILLE.
MAIS AU PROCHAIN PROBLÈME, JE L'EMMÈNERAI À L'HÔPITAL, MÊME SI JE DOIS L'Y ENTRAÎNER DE FORCE !
MYAH !
GRMBL

MADAME HARUKO !
MADAME HARUKO ! QUE SE PASSE-T-IL ?
AH...
JE PERDS SOUVENT LA MÉMOIRE...
Voilà que ça recommence !
C'EST PEUT-ÊTRE UN EFFET DE LA LUMIÈRE ARTIFICIELLE ?
SORTONS UN FUTON...
IL PARAIT QUE LE SYSTÈME IMMUNITAIRE S'AFFAIBLIT QUAND ON GRANDIT DANS LA LUMIÈRE ARTIFICIELLE.
ON DIT QU'À PARTIR D'UN CERTAIN ÂGE, LES GENS D'EN HAUT VONT MIEUX.
Teint livide
NE T'INQUIÈTE PAS, JE FAIS JUSTE UN PEU D'ANÉMIE.
FLAP
NON !?
ÉTENDEZ-VOUS.
VOUS N'ALLEZ PAS À L'HÔPITAL ?
JE N'AIME PAS L'HÔPITAL.
MAIS SI JIN TOMBAIT MALADE, JE L'Y ENTRAÎNERAIS DE FORCE.
Mais il n'a jamais été malade.
ELLE EST PLUS OBSTINÉE QUE JIN...

C'EST PARCE QU'IL A QUELQU'UN COMME VOUS QUE MONSIEUR JIN PEUT ÊTRE TRANQUILLE.
VIVRE SEUL, C'EST AGRÉABLE, MAIS CE N'EST PAS TOUJOURS FACILE.
...
AKITOSHI... JE VEUX DIRE TON PÈRE, A BEAUCOUP FAIT POUR NOUS.
PAPA...
AKITOSHI VENAIT MANGER AVEC NOUS.
IL VENAIT AVEC TAMACHI.
Restez couchée !
TAMACHI ?
?
MON PÈRE NE M'EN A PRESQUE JAMAIS PARLÉ.
EN FAIT, IL NE ME PARLAIT PRESQUE JAMAIS DE SON TRAVAIL.
C'EST VRAI, IL N'ÉTAIT PAS TRÈS BAVARD.
JIN EST ASSEZ SILENCIEUX EN PUBLIC...
... MAIS CE N'EST ENCORE RIEN EN COMPARAISON D'AKITOSHI ET DE TAMACHI.
QUAND NOUS MANGIONS, ILS ÉTAIENT TOUJOURS MUETS...

AKITOSHI ...
CRUM
... JIN...
Silence
Silence
... ET TAMACHI...
... SE TAISAIENT.
ENCORE UN PEU ?
TIENS.
PAPA, MONSIEUR JIN ET... MONSIEUR TAMACHI...
ILS SE TAISAIENT TOUS LES TROIS.
ILS DEVAIENT ÊTRE TENDUS.
CE N'EST PAS UN SPECTACLE TRÈS RÉJOUISSANT...
AU FAIT, QUI EST CE MONSIEUR TAMACHI ?
EUH ?

TU L'IGNORES ?
?
IL TRAVAILLE ACTUELLEMENT À L'USINE DE BIOGAZ.
AUTREFOIS, IL ÉTAIT NETTOYEUR DE FENÊTRES COMME TOI.
IL FAISAIT ÉQUIPE AVEC AKITOSHI.

AH...

AAH...
... OUI.
C'EST LUI QUI ÉTAIT PRÉSENT QUAND PAPA EST MORT.
TU N'ES PAS SURPRIS ?
NON...
EN FAIT, JE SUIS UN PEU SURPRIS.
J'AIMERAIS BIEN LE RENCONTRER UN JOUR.
TOI...
... TU RESSEMBLES PEUT-ÊTRE À TON PÈRE.
SI TU AS UN PROBLÈME, TU DOIS LE DIRE.
CE N'EST PAS DIFFICILE.
JIN SERA CONTENT QUE TU FASSES APPEL À LUI...
... ALORS, PROFITES-EN.
VOUS, VOUS SAVEZ COMMENT EN PROFITER AUSSI, N'EST-CE PAS ?
HU ! HU ! HU !

PFYUUH...
FROFF
AVOIR QUELQU'UN QUI DORT PRÈS DE SOI...
... CE N'EST PAS DÉSAGRÉABLE.
MAINTENANT, JE SUIS HABITUÉ À LA SOLITUDE...
... MAIS NE PAS ÊTRE SEUL, C'EST RASSURANT.
DU FAIT QUE PAPA A DISPARU SUBITEMENT...
... J'AI TOUJOURS EU L'IMPRESSION QU'IL M'AVAIT ABANDONNÉ.
MITSU...
... TU SAIS...

... JE PENSE QUE JIN DISPARAÎTRA SUBITEMENT.
COMME IL S'OCCUPE BIEN DE MOI, JE VIVRAI SÛREMENT VIEILLE.
IL S'ABSENTE DE SON TRAVAIL POUR ALLER M'ACHETER DES MÉDICAMENTS COMME SI C'ÉTAIT TOUT NATUREL...
... ET IL PREND SOIN DE MOI SANS LE MONTRER. ALORS, MOI, JE VEUX LE REMERCIER POUR CELA.
C'EST POURQUOI, DANS CE QUARTIER OÙ IL FAIT SOMBRE MÊME EN PLEINE JOURNÉE...
... JE VEUX L'ACCUEILLIR TOUS LES JOURS À SON RETOUR DANS UNE PIÈCE ÉCLAIRÉE PAR LA JOIE.
C'EST CE QUE JE SUIS EN MESURE DE FAIRE.
JE VEUX AU MOINS QU'IL NE SOIT PAS TRISTE À CAUSE DE MOI.

PEUT-ÊTRE QU'UN JOUR, TOI AUSSI, TU RENCONTRERAS QUELQU'UN COMME ÇA.
HARUKO !
JE SUIS LÀ !!
EN REVENANT, J'AI ACHETÉ UN GROS SAC DE FRUITS DE GINKGO DANS UNE ÉCHOPPE ! ♡
COU-COU !
PFF
PFF
SI TU EN MANGES TROP, TU RISQUES DE SAIGNER DU NEZ, ALORS, SOIS PRUD...
Ce sont des fruits sauvages !
MITSU EST LÀ.
OH ! TU ES LÀ, TOI !
GRR
GRR
OUI, MAIS JE DOIS TRAVAILLER CET APRÈS-MIDI, ALORS JE DOIS PASSER CHEZ MOI.
Ce n'est pas le monsieur Jin que je connais !

JE NE VIS PAS DANS UNE PIÈCE PLEINE DE LUMIÈRE, MAIS JE NE SUIS PAS TRISTE...
GATCHAK
ガチャ
KLINK
チカ
KLINK
チカ
HU! HU!
むっふ
UNE PIÈCE PLEINE DE LUMIÈRE...?

MADAME KAGE-YAMA !
FUYU A MIS PLEIN DE DÉSORDRE CHEZ MOI !
AH ! JE SUIS DÉSOLÉE.
TIENS ! UNE GUIRLANDE ÉLECTRIQUE ?
HU ! HU !
OUI. JE PENSE QU'ON S'EN SERVAIT IL Y A TRÈS LONGTEMPS.
JE SUIS DÉSOLÉE. POUR M'EXCUSER, JE VEUX BIEN TE LAISSER UN CASSE-CROÛTE.
QUOI ?
CE N'EST PAS LA PEINE.
Sortez d'ici !
EFFECTIVEMENT, LA LUMIÈRE ÉTAIT ALLUMÉE CHEZ MOI...
RAAH...

... MAIS JE PENSE QUE C'EST QUAND MÊME PLUS SIMPLE DE VIVRE SEUL.
PFF...
HM ?
LE CASSE-CROÛTE DE FUYU ?
Elle prend mon appartement pour un lieu d'excursion !
CRUM CRUM
もぐもぐ
GATCHAK
HE !

MITSU !
BON TRAVAIL !

EN FIN DE COMPTE...
... J'AI L'IMPRESSION QUE PLUSIEURS PERSONNES ME VIENNENT EN AIDE TOUT NATURELLEMENT SANS QUE JE M'EN RENDE COMPTE.
MERCI !
TU VAS TRAVAILLER MAINTENANT, MAKOTO ?
OUI. AVEC MITSU, SI C'EST BIEN COMME ÇA QU'IL S'APPELLE.
AH OUI, C'EST VRAI QUE JIN A PRIS CONGÉ.
C'EST UN BRAVE TYPE, ALORS, APPRENDS-LUI LES FICELLES DU MÉTIER !
JE N'Y MANQUERAI PAS.
HÉ ! DITES ...
MITSU, DONC...

JE VAIS SURTOUT LUI APPRENDRE...
... QU'IL AURAIT MIEUX FAIT DE NE PAS METTRE LES PIEDS ICI.
MOI, JE NE L'AIME PAS.
IL JOUE LES COURAGEUX ALORS QUE TOUT LE MONDE LE COUVE...

Chapitre 4 : UN LIEU LOINTAIN

Chapitre 4 : UN LIEU LOINTAIN

AH... MAIS PUISQUE JIN A PRIS CONGÉ HIER...
... MITSU A DÛ FAIRE ÉQUIPE AVEC QUELQU'UN D'AUTRE.
Y A-T-IL MOYEN DE LE RENCONTRER ?
J'AIMERAIS LUI PARLER.
SI TU AS ENVIE DE LE RENCONTRER, CE SERA POSSIBLE.
EXCUSEZ-MOI !
AH, NOUS AVONS UN AUTRE VISITEUR.
VA VOIR QUI C'EST, JIN.
Je suis en pleine conversation !
EXCUSEZ-MOI...
GATCHAK
VOILÀ !
MITSU AUSSI EST MIGNON, TU SAIS !
TIENS ! MAIS QUI VOILÀ !
MITSU !
GARANG
ガラ

DITES-MOI OÙ JE POURRAIS TROUVER TAMACHI.
LA VEILLE...
...
...
MAKOTO, JE M'EN REMETS À TES BONS SOINS.
TOMP
OUI, MAIS C'EST JUSTE POUR AUJOURD'HUI !
AU FAIT, MITSU, TU ES ALLÉ RENDRE VISITE À JIN, N'EST-CE PAS ?
HUM !
HUM !
COMMENT ALLAIT-IL ?
EUH...

COMME IL A PRIS CONGÉ AUJOURD'HUI, JE PENSE QU'IL SERA EN FORME DEMAIN.
C'est louche !
HUM...
AH !
NOUS SOMMES AU NIVEAU INTERMÉDIAIRE.
EN FAIT, CE CIEL EST PRESQUE ENTIÈREMENT CONSTITUÉ D'ÉCLAIRAGE ARTIFICIEL, N'EST-CE PAS ?
OUI.
MAIS LA FAIBLE PART DE LUMIÈRE NATURELLE QUI S'Y TROUVE SUFFIT À FAIRE LA DIFFÉRENCE, À CE QU'IL PARAÎT.
CELA DIMINUE LES DÉFICIENCES IMMUNITAIRES.
AH BON ?
NOUS SOMMES DANS LA COUCHE SUPÉRIEURE. PRÉPAREZ LE PASSE.

TOUT LE MONDE FAIT PARTIE DU SYNDICAT.
TRÈS BIEN. MONTREZ-MOI VOTRE PASSE.
POURQUOI FAUT-IL TOUJOURS LE MONTRER ?
LES GENS DU NIVEAU SUPÉRIEUR SONT OBSÉDÉS PAR LA SÉCURITÉ.
BIP
C'EST ÉNERVANT...
BRR ぶる
AH BON ?
Ya... Yasu...
BRR ぶる
IL FAUT 7 HEURES POUR HABITUER L'ORGANISME À LA PRESSION ATMOSPHÉRIQUE.
IL PARAÎT QUE ÇA VA PLUS VITE SI ON FAIT DE L'EXERCICE.
CE SERAIT PEUT-ÊTRE UN PEU DUR POUR TOI, MITSU. MAIS TU POURRAIS ESSAYER LA PROCHAINE FOIS.

QUEL ENNUI... MITSU ! APPORTE-NOUS DU THÉ.
OUI !
ET TOI, MAKOTO, JOINS-TOI À NOUS.
QU'EST-CE QUE VOUS VOULEZ FAIRE PENDANT 7 HEURES ?
MOI, JE DORS !
PFF... PFF...
C'EST PAS DRÔLE.
BIENVENUE DANS LE MONDE TERRIFIANT DE L'ESPACE !
JE VAIS VOUS RACONTER UNE HISTOIRE QUE J'AI ENTENDUE RÉCEMMENT.
UN VAISSEAU SPATIAL PARTI SUR LA LUNE N'AVAIT PLUS AUCUN MEMBRE DE L'ÉQUIPAGE À SON BORD QUAND IL EST REVENU.
C'EST EFFRAYANT, ÇA ?
IL ME SEMBLE QUE OUI !
Personne n'y croit !
NE M'INTERROMPS PAS EN PLEIN RÉCIT !
YASU ET LES AUTRES SONT PARTIS TRAVAILLER.
TU ES PRÊT, MITSU ?
OUI.
MAINTENANT, ON EST SEULS TOUS LES DEUX !
EUH...
JE PLAISANTE !
HA ! HA ! HA !
POM

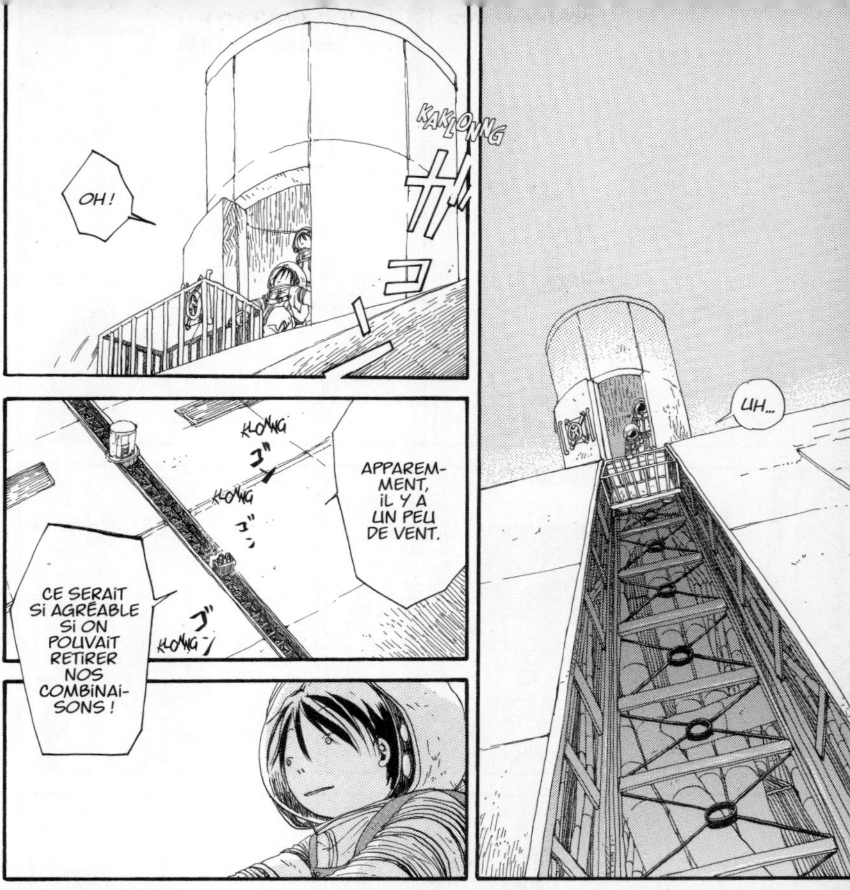
OH !
KAKLONNG
UH...
APPAREMMENT, iL Y A UN PEU DE VENT.
KLONNG
KLONNG
CE SERAIT Si AGRÉABLE Si ON POUVAIT RETIRER NOS COMBINAISONS !
KLONNG
MiTSU, TU AS FROTTÉ LES ViTRES JUSQUE TOUT AU BOUT ?

OUI.
DIS... AS-TU VRAIMENT L'INTENTION DE FAIRE TOUT LE TEMPS CE TRAVAIL ?
EUH ?
MAINTENANT QU'IL ME POSE LA QUESTION...
SI J'EN SUIS CAPABLE, J'AIMERAIS BIEN, OUI.
HUM...
JE PEUX TE RACONTER UN SOUVENIR ?
TU AS COUPÉ LA COMMUNICATION AVEC LA BASE ?
FFF
AH... OUI.
TCHK
TU CONNAIS TAMACHI ?
C'est un ami à moi...
DE NOM. JE NE L'AI JAMAIS RENCONTRÉ.

DEPUIS SON ENFANCE, IL ÉTAIT PEU LOQUACE ET AVAIT TOUJOURS UN AIR RENFROGNÉ, MAIS PARFOIS, IL SOURIAIT AVEC UN AIR HEUREUX.
C'ÉTAIT UN TYPE TRÈS CHOUETTE.
TU SAIS MAKOTO, ON MANGE VACHEMENT BIEN CHEZ CE MARCHAND AMBULANT.
TON VISAGE EN DIT LONG !
C'EST PEUT-ÊTRE PARCE QU'IL S'OCCUPE ENCORE DE SA GRAND-MÈRE, SA SEULE FAMILLE...
AH BON ?
... QU'IL EST ENCORE CAPABLE D'AVOIR LE SOURIRE MAINTENANT.
TAMACHI A COMMENCÉ À FAIRE CE TRAVAIL PLUSIEURS ANNÉES AVANT MOI.
QUAND JE SUIS ENTRÉ DANS L'ÉQUIPE, IL AVAIT LE VISAGE D'UN VRAI PRO.
TAMACHI ...
... IL PARAIT QU'ON TRAVAILLERA À PROXIMITÉ L'UN DE L'AUTRE AUJOURD'HUI.
MERCI D'AVANCE POUR TON AIDE !
O.K.
TON VISAGE A CHANGÉ !
HA ! HA ! HA !
AH ?

AH...
DES ÉTOILES FILANTES.
DANG
TAMACHI ?
!!
TAMACHI !?
HE !
TAMA-CHI !
CALMETOI. CE NE SONT QUE QUELQUES ÉGRATIGNURES. TOUT VA BIEN.
OH !
AH OUI ? TANT MIEUX !
BIP

TAP
AKI ?
TU SOUFFRES D'UNE DIMINUTION DE LA PRESSION ET D'UNE COMMOTION CÉRÉBRALE. C'EST PARFOIS MORTEL.
RENTRE TOUT DE SUITE.
COMME TAMACHI N'EST PAS DU GENRE À ABANDONNER SON TRAVAIL...
... SI UN AUTRE QU'AKI LUI AVAIT DIT ÇA, IL NE L'AURAIT PEUT-ÊTRE PAS ÉCOUTÉ.
TAMACHI ET MOI AVIONS DU RESPECT POUR AKI.
AKI, TU ES SEUL ?
HM ?
JE PEUX TE POSER UNE QUESTION UN PEU BIZARRE ?
NOUS VOYONS TOUJOURS LES MÊMES VITRES ET LE VENT NE S'ARRÊTE JAMAIS...
... ET, OÙ QUE NOUS ALLIONS, LE TRAVAIL NE PREND JAMAIS FIN...
... ALORS, MOI, JE VOUDRAIS SAVOIR QUEL EST LE SENS DE CE TRAVAIL.

Y A-T-IL UN SENS À TOUT CE QUE L'ON FAIT ?
EH BIEN...
... J'IGNORE LA RÉPONSE, MAIS...
... JE PENSE QU'EN CONTINUANT À LE FAIRE, AU MOINS NOS DÉFICIENCES IMMUNITAIRES DIMINUENT UN PEU.
JE N'AI JAMAIS CONNU MON PÈRE SOUS CET ANGLE.
POUR MOI, AKI ET TAMACHI ÉTAIENT DES EXEMPLES À SUIVRE.
JE ME DEMANDE POURQUOI ILS NE SONT PLUS LÀ.
WHUMM
とんっ
AH BON...

AH ! MITSU !
ATTEN-
TION !
ZBOM
すこん
EUH ?
ROLL
ゴロ
ROLL
ゴロ
AH ! MAIS C'EST DANGE-
REUX !
ÇA VA ?
DAM
DAM

NE T'INQUIÈTE PAS, LA CORDE NE SE ROMPRA PAS POUR SI PEU.
MAIS TON DISPOSITIF DE CIRCULATION DE L'AIR POURRAIT BIEN SE DÉTACHER !
MAKO-TO...?
MON DOS M'EMPÊCHE DE ME RELEVER.
TU VOIS, MOI, JE NE T'AIME PAS.
TOI, SI TU PEUX ÊTRE ICI, C'EST PARCE QUE TOUT LE MONDE TE PROTÈGE, N'EST-CE PAS ?
MAIS TAMACHI, QUI TRAVAILLAIT AVEC TANT D'ACHARNEMENT, N'A PAS PU REVENIR DANS L'ÉQUIPE.

QUOI ?
SAVAIS-TU...
... QU'À CAUSE DE CET ACCIDENT, TAMACHI A ÉTÉ CHASSÉ DU SYNDICAT ?
À CAUSE DE L'ACCIDENT ?
SSS
AH... J'AI DÛ OUBLIER MON COUTEAU.
TAMACHI ÉTAIT FIER DE SON TRAVAIL.
IL RESPECTAIT AKI.
PUIS IL Y A EU CET ACCIDENT.
À CAUSE DE CET ACCIDENT, TOUS LES MEMBRES DU SYNDICAT ONT BLÂMÉ TAMACHI.
ZZZ
ON L'ACCUSAIT D'AVOIR LAISSÉ MOURIR AKI...
... MAIS LUI, IL ÉTAIT INCAPABLE DE RÉPLIQUER.

TAMACHI A TOUT SUPPORTÉ SANS RIEN DIRE.
À PART JIN ET MOI, TOUT LE MONDE EST EN TRAIN DE L'OUBLIER. TU NE TROUVES PAS QUE C'EST BIZARRE ?
MAIS TOI QUI BÉNÉFICIES DE LA PROTECTION DE TOUS, TU PEUX TE TROUVER EN CET ENDROIT.
AUSSI LONGTEMPS QUE TU SERAS ICI...
... JE TE DÉTESTERAI.

TOUT LE MONDE T'A PEUT-ÊTRE ACCEPTÉ, MAIS PAS MOI.
ZAM ぱ
ALORS, "JE COMPTE SUR TOI" !
LES MOTS ME MANQUAIENT.
SI JE N'AI PAS RÉUSSI À LUI RÉPONDRE...
BON, CONTINUONS LE TRAVAIL...
... C'EST PEUT-ÊTRE PARCE QUE JE DOUTAIS DU BIEN-FONDÉ DE MA PRÉSENCE ICI.

ALORS, MITSU...
... VU L'HEURE QU'IL EST, TU VIENS SANS DOUTE DE TERMINER TON TRAVAIL ?
SI C'EST TAMACHI QUE TU CHERCHES, IL EST JUSTEMENT LÀ.
...
HE, TAMACHI !
LUI, C'EST MITSU.
...
QU'EST-CE QUE...
AH OUI...
POURRIEZ-VOUS ME PARLER DE MON PÈRE ?
... IL LUI RESSEMBLE.
... JE DOIS FAIRE ?

MAKOTO M'A DIT CE QUI S'ÉTAIT PASSÉ.
IL M'A DIT QUE VOUS NE POUVIEZ PAS RETOURNER DANS LE SYNDICAT ALORS QUE VOUS AIMIEZ CE TRAVAIL.
IL M'A DIT QUE MOI, JE BÉNÉFICIAIS DE LA PROTECTION DES AUTRES.
ET QUE SI JE POUVAIS ÊTRE ICI, C'EST PARCE QUE TOUT LE MONDE ADMIRAIT MON PÈRE.
MITSU ...?
JE DOIS EXPRIMER ÇA AVEC DES MOTS.

JE ME DEMANDAIS SI PAPA N'AVAIT PAS COUPÉ LA CORDE DE LUI-MÊME.
COMME IL RÊVAIT D'ALLER SUR LA TERRE...
... JE ME DEMANDAIS S'IL NE M'AVAIT PAS ABAN-DONNÉ.
MAIS QUAND J'AI VU LA SURFACE DE LA TERRE, MOI NON PLUS, JE N'AI PAS PU EN DÉTACHER MON REGARD.
C'EST ALORS QUE J'AI TROUVÉ LES TRACES...
... DES ESSAIS DE MON PÈRE POUR RESTER EN VIE, À L'ENDROIT OÙ IL AVAIT DISPARU.
LES TRACES DE SON COMBAT POUR LA VIE.
COMME JE N'AI PAS ÉTÉ TÉMOIN DE SES DERNIERS INSTANTS...
... JE N'ARRIVE PAS À CROIRE NON PLUS QU'IL SOIT MORT.
J'Y PENSE ET J'Y REPENSE SANS CESSE.
C'EST PAREIL POUR MOI.
MOI NON PLUS, JE N'ÉTAIS PAS LÀ LORS DE SES DERNIERS INSTANTS.
MAIS JE ME SOUVIENS DE NOTRE CONVER-SATION.

LES MOTS ÉTAIENT VENUS NATURELLEMENT... C'ÉTAIT UNE CONVERSATION ORDINAIRE.
MAIS EN FIN DE COMPTE, CE FURENT SES DERNIERS MOTS.
"TU NE TROUVES PAS, TAMACHI ?"
"J'AIMERAIS MONTRER ÇA UN JOUR À MITSU."
"C'EST MAGNIFIQUE..."
AKI VOULAIT T'EMMENER LÀ-BAS.
TU AS DÛ VOIR LE MÊME PAYSAGE.

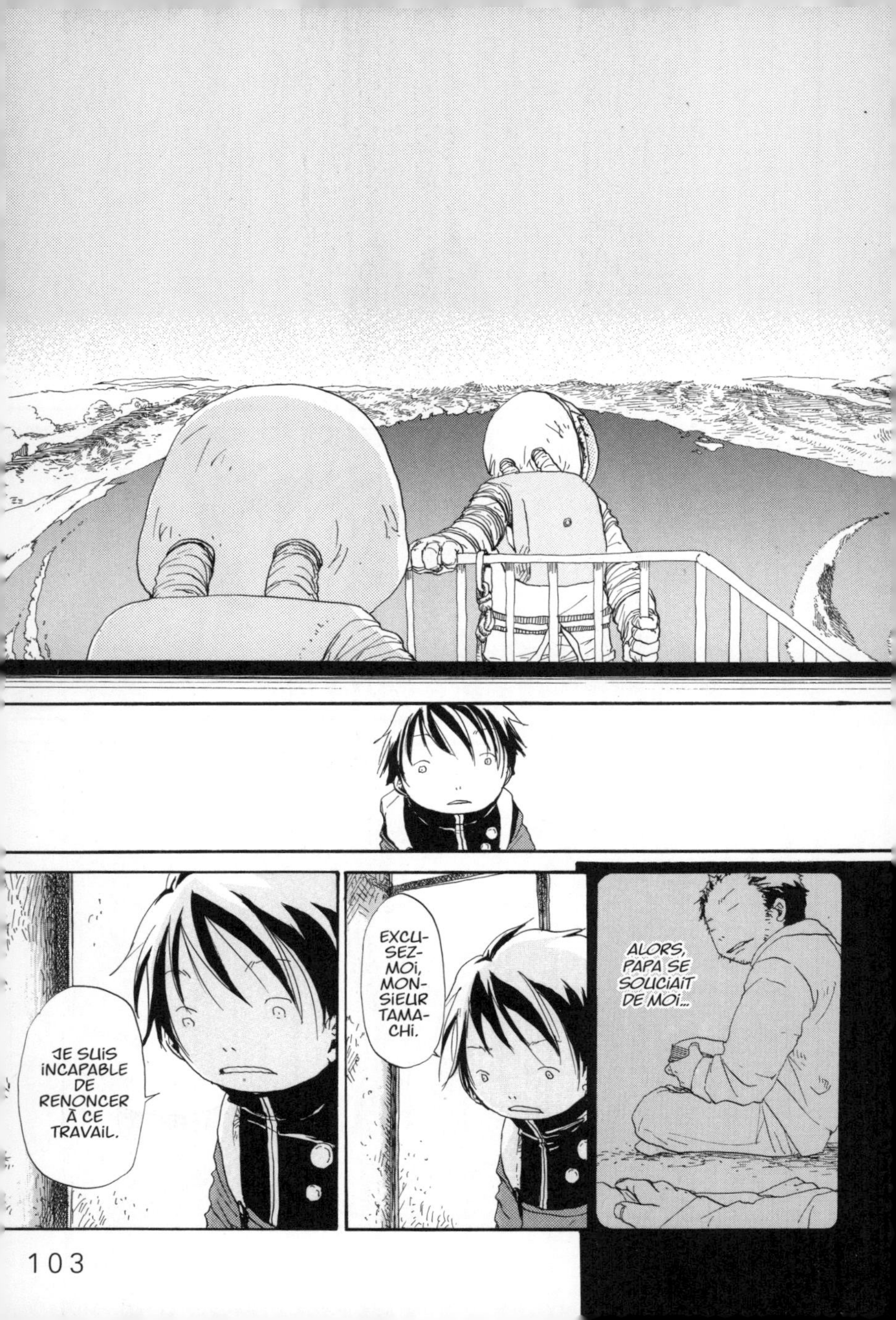
ALORS, PAPA SE SOUCIAIT DE MOI...
EXCUSEZ-MOI, MONSIEUR TAMACHI.
JE SUIS INCAPABLE DE RENONCER À CE TRAVAIL.

...
IL N'EST PAS NÉCESSAIRE QUE TU Y RENONCES.
TIENS BON.
QU'EST-CE QUE JE VERRAI ?
PEUT-ÊTRE QUE JE VERRAI QUELQUE CHOSE...
OUI.
... QUAND JE SERAIS À MÊME DE FAIRE AUTANT D'EFFORTS ET DE TRAVAILLER AUTANT QUE PAPA.

Chapitre 5 : LA MER

TIENS...
QUEL TON ORGUEILLEUX...
HA ! HA ! HA !
ははは
HM ? QU'EST-CE QU'IL Y A, MITSU ?
ON PART TOUT DE SUITE TRAVAILLER !
AUJOURD'HUI AUSSI, ON TRAVAILLE AU NIVEAU SUPÉRIEUR.
BIEN.
ゴオオオ。
FWUUUUSHH
DÉCIDÉMENT, TRAVAILLER AU NIVEAU SUPÉRIEUR, C'EST VRAIMENT AGRÉABLE.
Et il y a beaucoup d'endroits bien plats.
EFFECTIVEMENT, ON SE SENT PEUT-ÊTRE UN PEU PLUS À L'AISE PHYSIQUEMENT.
MAIS LES CLIENTS DU NIVEAU SUPÉRIEUR SONT SOUVENT INSUPPORTABLES.
AH...

TIENS...
TCHIK
KYUK ちょい
KYUK ちょい
MONSIEUR JIN... QUELQU'UN NOUS FAIT SIGNE.
IGNORE-LE.
BIP
ICI LE CENTRE. LE CLIENT NOUS A ENVOYÉ UN MESSAGE.

IL DEMANDE QUE VOUS PASSIEZ CHEZ LUI SUR LE CHEMIN DU RETOUR.
HAA...
はぁ…
MITSU, VAS-Y, TOI.
?
SOUVENT, LES RICHES AIMENT LE TAPE-À-L'OEIL ET ILS SONT GRAS.
MON NOM EST TANUKI.
TANUKI... OUH...
IL VOUS FAUT BEAUCOUP DE TEMPS POUR VENIR JUSQU'ICI APRÈS VOTRE TRAVAIL, N'EST-CE PAS ?
MERCI D'AVOIR PRIS CETTE PEINE.
QUELQUE CHOSE VOUS A-T-IL PRÉOCCUPÉ DANS LE NETTOYAGE DES VITRES ?
AUJOURD'HUI, NOUS N'AVONS ACCOMPLI QUE LA MOITIÉ DE NOTRE TRAVAIL.
NON, CE N'EST PAS ÇA.
JE VOUS AI APPELÉ PARCE QUE J'AVAIS UNE DEMANDE À VOUS FAIRE.
LA-QUELLE ?

POURRIEZ-VOUS FAIRE COULER DE L'EAU À L'EXTÉRIEUR DE LA VITRE ?
JE VOUS REMERCIERAI GÉNÉREUSEMENT !
SPLASH
ざばっ
ばっ
ZAM
OUH...
う…
ALORS ?
WAH !
CHUK
ぎゅ
VOUS M'EMBARRASSEZ !
GWWW
ぐぐぐ
D'AILLEURS, COMME IL FAIT DRÔLEMENT FROID DEHORS, L'EAU GÈLERA IMMÉDIATEMENT.
GWW
ぎ
ÇA M'EST ÉGAL !
SI VOUS NE LE FAITES PAS, JE NE VOUS PAIERAI PAS DU TOUT !
BAM
JE NE VOUS PAIERAI RIEN !
GRR
ぷり

BON, JE ME DEMANDE SI NOUS AURONS TOUT TERMINE AUJOURD'HUI.
SKWIK
ごそ…
LE SPRAY...
DE CETTE FAÇON, L'EAU NE DEVRAIT PAS GELER.
Et il résiste sans doute à la différence de pression...
MITSU...
... QU'EST-CE QUE TU FICHES ?
PSHH
FRR
パラ…
MONSIEUR TANUKI A DIT QU'IL NE NOUS PAIERAIT PAS SI ON NE VERSAIT PAS D'EAU SUR SA VITRE.
AH BON, IL A DIT ÇA...?
Tanuki ?
Je ne comprendrai jamais les riches.
C'EST DE L'EAU, ÇA ? SOIS PRUDENT.
POUR-QUOI ?

QUAND ON UTILISE CE GENRE DE PRODUIT À LA SURFACE DE L'ANNEAU, COMME L'EAU TOMBE EN S'ACCÉLÉRANT...
... IL ARRIVE QU'ELLE BLESSE QUELQU'UN QUI EST EN TRAIN DE TRAVAILLER PLUS BAS.
AH BON ? UN TRUC COMME ÇA ?
PSHH
PSHH
OUI.
NE JOUE PAS TROP AVEC ÇA.

C'EST IMPOSSIBLE ?
J'AI FAIT UN ESSAI AVEC UN SPRAY, MAIS ÇA N'A PAS MARCHÉ.
L'EAU GÈLE TOUT DE SUITE. ÇA NE MARCHE PAS.
ALORS, VOUS N'AVEZ QU'À DÉVERSER UNE GROSSE QUANTITÉ D'EAU !
PUISQUE JE VOUS DIS QUE ÇA GÈLE TOUT DE SUITE !
ザッバァ
SPLASH
BREF, C'EST IMPOSSIBLE.
C'est trop grand, et c'est dangereux.
MITSU, REFUSE CETTE DEMANDE.
J'AIMERAIS QUE VOUS TRANSFORMIEZ LE PAYSAGE EN UN VASTE OCÉAN !
Attendez !
Désolé !
BLINK
BLINK
C'EST POUR CÉLÉBRER LES 30 ANS DE MA VENUE ICI.
JE ME SENS PLUS FAIBLE DERNIÈREMENT, ET JE N'AI PLUS LONGTEMPS À PROFITER DE LA VIE, ALORS, VEUILLEZ ME MÉNAGER.
きゅ
KYUK
IL A POURTANT TRÈS BONNE MINE...
VOUS N'ÊTES PAS CONVAINCANT.
AH BON ?

C'EST SI GRAND QUE LE TRAVAIL PREND PLUS DE TEMPS QUE PRÉVU.
BAH, IL NE RESTE QU'UNE PETITE PORTION À FAIRE.
DIS, MITSU... AS-TU REFUSÉ L'OFFRE ?
PAR-DON ?
JE VEUX PARLER DE TANUKI !
AH ? OUI... PEUT-ÊTRE.
PEUT-ÊTRE ? ÇA NE VEUT RIEN DIRE !
RÉPONDS-MOI CLAIREMENT !

CHAQUE FOIS QUE JE VIENS ICI, JE SUIS ÉPATÉ PAR LES APPARTEMENTS DU NIVEAU SUPÉRIEUR.
MONSIEUR TANUKI...
IL N'Y A PAS MOYEN DE DISCUTER AVEC EUX ; ILS S'OBSTINENT À FAIRE DES CAPRICES.
AH, MITSU !
TAK
PARCE QU'EN FAIT, NOUS NE VIVONS PAS DANS LE MÊME MONDE.
QUE SOUHAITES-TU ?
NON. JE REFUSE CATÉGORIQUEMENT. ON NE PEUT PAS UTILISER D'EAU.
ES-TU D'ACCORD POUR FAIRE CE QUE JE T'AI DEMANDÉ ?
VOUS AVEZ ENTENDU CE QUE JE VOUS AI DIT ?
TAP
JE VEUX SIMPLEMENT FAIRE RESSEMBLER CETTE PIÈCE À LA MER.

J'AI RÉUSSI À ÉLEVER DANS CE SYSTÈME ANNULAIRE TOUTES SORTES DE POISSONS DONT L'ÉLEVAGE EST RÉPUTÉ DIFFICILE.
MOI, TANUKI, LE ROI DES PRODUITS FRAIS DE LA MER ! JE TE PRÉPARERAI TOUT CE QUE TU VOUDRAS !
DZIM
J'ignore ce qui te ferait plaisir...
IL N'Y A PAS QUE LE POISSON CRU, TU PEUX ME DEMANDER TOUT CE QUE TU VEUX.
... mais je peux t'offrir toutes sortes de délices...
PAR-DON ?
QU'EN DIS-TU ?
JE N'AI BESOIN DE RIEN.
AH...
MAIS PUISQUE VOUS INSISTEZ...
PFF...
PFF...
WAAH !
... J'AIMERAIS ALLER SUR LA TERRE...

SSS
VEUILLEZ LE COMPRENDRE.
DE MÊME QUE CERTAINES CHOSES VOUS SONT IMPOSSIBLES...
... NOUS AUSSI, LES NETTOYEURS DE VITRES, NOUS NE POUVONS PAS TOUT FAIRE.
ÇA, C'EST IMPOSSIBLE...
Parfois, tu me parles d'égal à égal.
EH OUI !
MAIS N'Y AURAIT-IL PAS MOYEN DE ME SATISFAIRE JUSTE UN PETIT PEU ?
NON, JE NE PEUX PAS UTILISER D'EAU.
C'EST VRAI...
CERTAINES CHOSES SONT IMPOSSIBLES.
SSS
HO HO HO
GRMM
MITSU !!
VROOM
LES GOUTTES D'EAU GELÉES DU SPRAY, J'AI DÛ TOUTES LES RAMASSER AVEC UN ASPIRATEUR.
HII !
TU AVAIS DÛ BIEN T'AMUSER À EN VAPORISER PARTOUT !
GRMM
HO ! HO ! HO !
EN FAIT, J'AI TOUT VU.
HO ! HO !
AH BON...

JE ME DEMANDE...
... POURQUOI MONSIEUR TANUKI TIENT TANT À CETTE EAU.
だら FLOP
IL FAIT PARTIE D'UNE DES NOMBREUSES ESPÈCES EN VOIE DE DISPARITION...
... ET SES EFFECTIFS DIMINUENT D'ANNÉE EN ANNÉE.
TIENS, SI ÇA SE TROUVE...
TAK がばっ
C'EST L'ANIMAL...
... DE MONSIEUR TANUKI.

ALORS, C'EST UNE ESPÈCE EN VOIE D'EXTINCTION ?
ON EN PARLAIT AUSSI DANS UN MANUEL SCOLAIRE.
ON DISAIT QU'ON ESSAYAIT DE FAVORISER LEUR REPRODUCTION.
MAIS VOTRE NOM N'ÉTAIT PAS CITÉ.
OUI, ON M'A DEMANDÉ D'EN ÉLEVER.
C'ÉTAIT QUAND JE SUIS VENU ICI, IL Y A DÉJÀ 30 ANS DE CELA.
AUTREFOIS, IL AVAIT BIEN PLUS DE CONGÉNÈRES, MAIS ÇA N'A PAS MARCHÉ.
J'AURAIS BIEN VOULU ENVOYER SES DESCENDANTS SUR LA TERRE.
MAIS MAINTENANT, IL N'Y A PLUS QUE LUI ICI.
LE ROI DE L'ÉLEVAGE EST BIEN RIDICULE, TU NE TROUVES PAS ?

C'EST À CE MOMENT-LÀ QUE J'AI REMARQUÉ POUR LA PREMIÈRE FOIS QU'ON NE POUVAIT PAS TOUT FAIRE.
MAIS...
... COMME JE NE PEUX PAS ACCEPTER QUE ÇA SE TERMINE COMME ÇA, JE RÉESSAIERAI UN JOUR.
EXCUSE-MOI ! J'AURAIS BIEN VOULU TE MONTRER LA MER.

ON DOIT BIEN POUVOIR FAIRE QUELQUE CHOSE.
CE TANUKI EST PLUTÔT CORIACE !
EUH... EN FAIT, C'EST MOI QUI...
MONSIEUR JIN, MERCI DE ME DONNER UN COUP DE MAIN !
KROON
KROON
PUISQUE C'EST LA DEMANDE D'UN CLIENT, IL FAUT BIEN LE FAIRE.
...
...

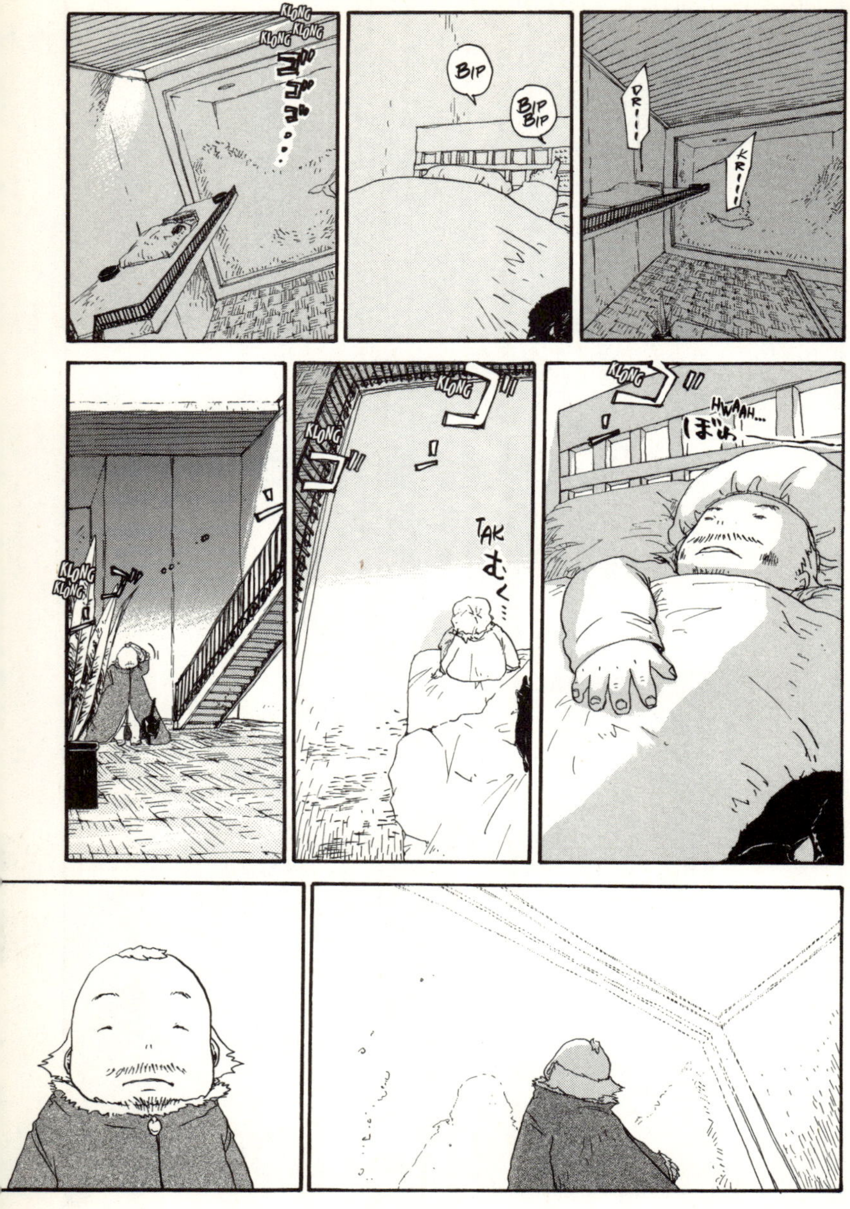
KLONG
KLONG
KLONG
BIP
BIP BIP
DRIII
KRIII
KLONG
KLONG
KLONG
KLONG
TAK
むく
KLONG
HWAAH...

ALORS, ÇA TE PLAîT ?
C'EST TOUT DE MÊME UN PEU DIFFÉRENT DE LA MER.
UN JOUR, JE TE DONNERAI TOUTE CETTE PIÈCE.
KLONG ゴン
KLONG ゴン
CE N'EST PAS AUSSI GRAND QUE L'OCÉAN, MAIS J'Y METTRAI TOUTES SORTES DE POISSONS.
J'AI FINI DE COLLER LE FILM.
BIEN.
Je suis fatigué...!
NOUS ALLONS INVITER CE GARÇON À MANGER.
TU ES D'ACCORD ?

TANUKI SOUHAITE QU'ON RETIRE LE FILM.
QUOI ?
IL EST FÂCHÉ ?
JE N'EN SAIS RIEN.
C'est bien son genre...
HI !
ÉVIDEMMENT, UN SIMPLE FILM À LA PLACE DE L'EAU...
DANS CE CAS, IL AURAIT PU LE COLLER LUI-MÊME DE L'INTÉRIEUR !
MITSU, TANUKI TE DEMANDE D'ALLER LE VOIR.
QUOI !? MAIS JE VAIS ME FAIRE GRONDER, NON ?
ÇA...

Chapitre 6 : LA CHAMBRE VERTE

... ON DOIT AUSSI PARFOIS FAIRE DES RAPPORTS SUR DES RÉPARATIONS ?
OUI, ET IL Y A DES GENS QUI SONT SPÉCIALISÉS DANS LA VÉRIFICATION.
TIENS...
C'EST PLUS PETIT QUE JE L'IMAGINAIS.
AH ! C'EST LÀ !
MONSIEUR JIN ?
OH... OUI !
BON, COMMENÇONS.

MITSU, AS-TU LE MARQUEUR ?
PASSE-LE-MOI.
AH ! JE NE L'AI PAS PRIS !

JE RETOURNE LE CHERCHER ?
NON, ÇA IRA. JE ME SERVIRAI D'AUTRE CHOSE.
IL NE FAUDRAIT PAS QU'UN PROBLÈME SE PRODUISE ALORS QUE JE RESTE SEUL ICI.
TIENS !?
MITSU !
MONSIEUR KAGEYAMA !
TU RETOURNES AU NIVEAU INFÉRIEUR ? RENTRONS ENSEMBLE, ALORS.
ZUMM
ZUMM
TIENS...
... OÙ EST JIN ?
EH BIEN ...
IL EST PARTI EN ME DISANT QU'IL ALLAIT RENDRE VISITE À UNE CONNAISSANCE DU NIVEAU SUPÉRIEUR.
AH...
C'EST LOUCHE, ÇA ! RACONTE !
Un rendez-vous galant secret, c'est ça ?
KYUK
OÙ EST-IL ALLÉ ?
JE... JE L'IGNORE.
JE TE REMERCIE UNE FOIS DE PLUS.
CE N'EST RIEN.
C'EST RARE QUE CE SOIT TOI QUI PROPOSES DE NOUS VOIR.

METS-TOI À L'AISE.
OUBLIONS...
... CETTE HISTOIRE.
EN TOUT CAS, C'EST AVEC NOSTALGIE QUE JE REPENSE AU JOUR OÙ TU AS EU CET ACCIDENT.
JE TRAVAILLE PLUS QUE LES PETITS JEUNES !
TU NE CHANGES PAS !
COMMENT VA TON TRAVAIL ?
EH BIEN... COMME D'HABITUDE.

PUISQUE JIN N'EST PAS LÀ...
... RACONTONS À MITSU UN INCIDENT SURPRENANT QUI LUI EST ARRIVÉ.
C'est moi qui vais le lui raconter ♡ !
ARRÊTE, VOYONS.
OUI, CE N'EST PAS LA PEINE.
ÉCOUTE-MOI !
JIN SERA FURIEUX CONTRE TOI !
NON...
LE MATIN DE CETTE MISSION DÉJÀ, J'AVAIS UN MAUVAIS PRESSENTIMENT.
IL DIT DE NOUVEAU N'IMPORTE QUOI...
JE FAISAIS ÉQUIPE AVEC JIN À TITRE EXCEPTIONNEL, ET JE NE POUVAIS PAS ME DÉFAIRE D'UNE VAGUE INQUIÉTUDE.
BIEN, JE PENSE QUE NOUS AVONS FINI.
KAGEYAMA, ALLONS-NOUS-EN.
D'ACCORD ! JE VAIS PORTER LE MATÉRIEL.
JIN, QU'EST-CE QUE TU FAIS ?
RIEN...
J'AURAI FINI TOUT DE SUITE, VAS-Y DÉJÀ.
IL RESTAIT UN PETIT COIN À TERMINER.

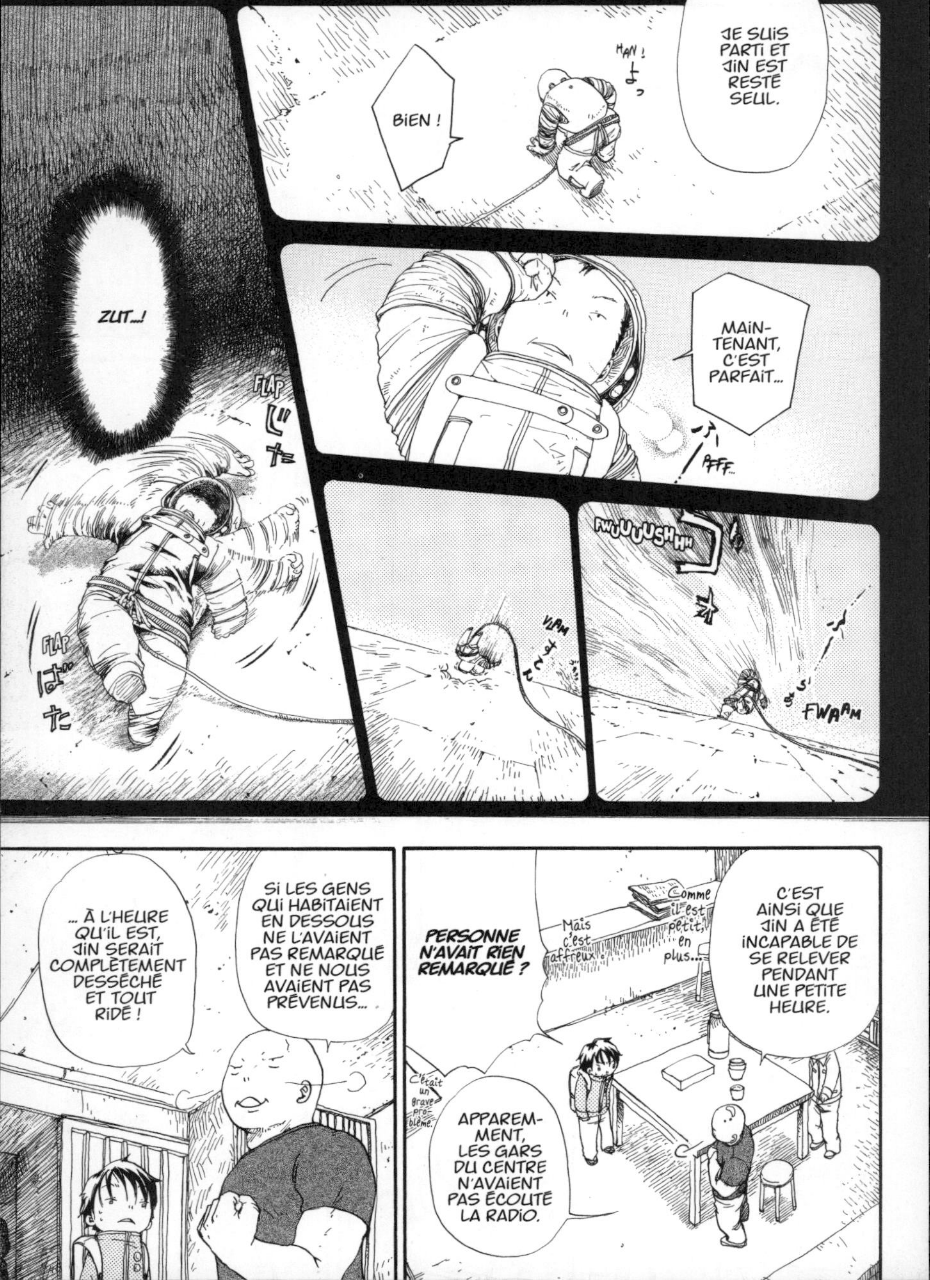
JE SUIS PARTI ET JIN EST RESTÉ SEUL.
HAN !
BIEN !
MAINTENANT, C'EST PARFAIT...
PFFF...
FWUUUUSHHH
VLAM
FWAAM
ZUT...!
FLAP
FLAP
C'EST AINSI QUE JIN A ÉTÉ INCAPABLE DE SE RELEVER PENDANT UNE PETITE HEURE.
Comme il est petit, en plus...
Mais c'est affreux !
PERSONNE N'AVAIT RIEN REMARQUÉ ?
APPAREM-MENT, LES GARS DU CENTRE N'AVAIENT PAS ÉCOUTÉ LA RADIO.
C'était un grave pro-blème.
SI LES GENS QUI HABITAIENT EN DESSOUS NE L'AVAIENT PAS REMARQUÉ ET NE NOUS AVAIENT PAS PRÉVENUS...
... À L'HEURE QU'IL EST, JIN SERAIT COMPLÈTEMENT DESSÉCHÉ ET TOUT RIDÉ !

TOI...!
OOH !
il est déjà tout ridé !
AAH !
ARRÊTE DE RACONTER DES HISTOIRES DERRIÈRE MON DOS !
JE VOULAIS JUSTE QU'IL SOIT AU COURANT...
SHH
SHH
WAH !
ALORS, VOUS AUSSI, VOUS FAITES PARFOIS DES ERREURS, MONSIEUR JIN !
OUI.
BONG
ZZZZ
DRRRIIING
OH !
IL N'EST PAS UN PEU VIEUX, CE TÉLÉPHONE ?
ALLÔ ! OUI ?
ZWOP
CATCHAK

...
KAGE-YAMA...
DING
LA PERSONNE QUI VOUS A CONFIÉ LE TRAVAIL D'AUJOURD'HUI...
... VOUS DEMANDE DE LE RECOMMENCER.
Quoi ?
ZUMM
ET PUIS, MITSU...
OUI ?
... NOUS AVONS UNE DEMANDE POUR DEMAIN.
VOILÀ CE QUI ARRIVE QUAND ON BÂCLE LE TRAVAIL !
DZIMM
MAIS C'EST JIN QUI LUI A FAIT ÇA...
TIENS ! C'EST L'ENDROIT OÙ NOUS AVONS PROCÉDÉ À UNE RÉPARATION HIER, N'EST-CE PAS ?

C'EST UN HASARD.
PAR-DON ?
QUAND LES HASARDS SE MULTIPLIENT, IL Y A DE QUOI S'ÉTONNER.
OUI...
J'AI PU RETROUVER UN AMI APRÈS 15 ANS ; JE NE L'AVAIS PLUS VU DEPUIS QUE...
... J'AVAIS COMMENCÉ À TRAVAILLER.
C'EST LUI QUI M'A DÉCOUVERT QUAND J'ÉTAIS RENVERSÉ SUR LE DOS.
Kageyama m'a tout dit.
CET ACCIDENT VOUS A PERMIS DE RETROUVER VOTRE AMI...
GLOUPS
CE N'EST QU'APRÈS QUE J'AI SU...
... QU'IL M'AVAIT SOUVENT DÉSIGNÉ POUR DES MISSIONS.
AH...
VOUS NE PARLEZ PAS SOUVENT DE VOUS, MONSIEUR JIN.
CET AMI VOUS CONFIE-T-IL TOUJOURS DES TRAVAUX ?
OUI.
JUSQU'À LA FIN DE MA SCOLARITÉ AU NIVEAU INTERMÉDIAIRE, NOUS JOUIONS ENSEMBLE PRESQUE TOUS LES JOURS.
MAIS EN COMMENÇANT À TRAVAILLER, JE NE L'AI PLUS VU.

QUAND NOUS ÉTIONS ENFANTS, NOUS FAISIONS SOUVENT DES CONCOURS DE FORCE ET D'INTELLIGENCE.
?
ON PEUT FAIRE DES CONCOURS COMME ÇA ?
OUI. PAR EXEMPLE...
... NOUS CUEILLIONS CHACUN UNE FLEUR EN MÊME TEMPS AU NIVEAU INTERMÉDIAIRE...
TWIRRRL TWIRRRL
OUPS !
... PUIS NOUS PRENIONS LA POUDRE D'ESCAMPETTE.
HO! HO!
TWIRRRL
DAM DAM
LUI, IL TIRAIT PARTI DES CULS-DE-SAC, ET MOI, JE ME SERVAIS UNIQUEMENT DE MES JAMBES.
POUR VOLER DES BIENS APPARTENANT AU PAYS...
NOUS NE DÉCIDIONS PAS DU LIEU D'ARRIVÉE, POURTANT, NOUS NOUS RETROUVIONS TOUJOURS.
HHH...
HHH...
LAISSONS TOMBER CE GENRE DE JEUX.
ILS NE RIMENT À RIEN.
PFF...
PUIS NOUS AVONS REGRETTÉ NOTRE CONDUITE.
!

MITSU, FAIS BIEN CE COIN-LÀ.
OUPS !
びくっ
NOUS NE FAISIONS QUE DES BÊTISES QUI NOUS VALAIENT DE NOUS FAIRE GRONDER.
OH ?
JE N'ARRÊTE PAS DE ME FAIRE GRONDER PAR JIN, MOI...
Geignements
めそめそ
BIP
JIN, TA CLIENTE TE DEMANDE DE PASSER CHEZ ELLE APRÈS LE TRAVAIL.
OH...
TU M'ACCOMPAGNES ?
OUI.

BONJOUR !
UNE FEMME TRÈS DISTINGUÉE...
SE POURRAIT-IL QUE...? ALORS QUE JIN A DÉJÀ MADAME HARUKO !
VENEZ.

PRÉFÉREZ-VOUS DU THÉ OU DU CAFÉ ?
NE PRENDS PAS CETTE PEINE.
MONSIEUR JIN...
EXCUSEZ-MOI UN INSTANT...
OUI.
...
...
SLAM
EXCUSEZ-MOI DE VOUS AVOIR DEMANDÉ DE VENIR.
WHUMM
WHUMM
SE POURRAIT-IL QUE VOUS SOYEZ...
OUI, JE SUIS LA FEMME DE SON AMI.
CE N'EST PAS CE QUE JE VOULAIS DIRE...
HM ?
LA FEMME DE SON AMI...?
JIN VOUS A-T-IL PARLÉ DE MON MARI ?
JIN ET LUI SE SONT DISPUTÉS ET NE SE SONT PLUS VUS PENDANT PLUSIEURS ANNÉES.
JE ME SUIS TROMPÉ SUR SON COMPTE...
ALORS, C'EST PEUT-ÊTRE LA FEMME DE L'AMI DONT JIN M'A PARLÉ TOUT À L'HEURE ?

TOUS DEUX ÉTAIENT DANS LA MÊME CLASSE ?
OUI.
ILS S'ENTENDAIENT BIEN, ET ILS SE RESSEMBLAIENT.
BIEN QU'ILS VIENNENT DE MILIEUX TRÈS DIFFÉRENTS...
... AUCUN DES DEUX N'ÉTAIT LIBRE.
POUR HARUKO, J'AIMERAIS AUTANT QUE POSSIBLE NE PAS FAIRE CE TRAVAIL DE NETTOYEUR DE VITRES.
JE NE SAIS JAMAIS QUEL ACCIDENT RISQUE DE M'ARRIVER.
MAIS TOI...
... TU PEUX TRAVAILLER DANS CET ESPACE IMMENSE, C'EST FORMIDABLE !
MOI, AU NIVEAU SUPÉRIEUR, JE SUIS ENFERMÉ DANS UNE CAGE RIGIDE...
DANG
ボカン
SHH
MONSIEUR JIN N'A PAS CHOISI CE TRAVAIL DE SON PLEIN GRÉ...

MON MARI ÉTAIT OBLIGÉ DE REPRENDRE LE TRAVAIL FAMILIAL...
... ET JIN NE POUVAIT TRAVAILLER QUE COMME NETTOYEUR DE VITRES.
ET POURTANT, ILS SE SONT AFFREUSEMENT QUERELLÉS AVANT DE COMMENCER À TRAVAILLER.
MOI, J'AI FAIT DES EFFORTS POUR QU'ILS SE RÉCONCILIENT.
J'AI APPELÉ SOUVENT LE SYNDICAT POUR DEMANDER À JIN DE VENIR LAVER NOS VITRES.
IL A FALLU DU TEMPS AVANT QUE JIN ET MON MARI SE REPARLENT, ET C'EST L'ACCIDENT QUI EN A FOURNI L'OCCASION.
CHÉRI...
IL EST EN DIFFICULTÉ.
OUI.
ZAP
ZAP
...
MERCI DE M'AVOIR SAUVÉ.
...
C'EST MOI QUI TE REMERCIE.
TU AS BIEN FAIT DE DEMANDER À JIN DE LAVER NOS VITRES.
IL NE TRAVAILLE PAS COMME LES AUTRES.
J'AI L'IMPRESSION QUE LES VITRES QU'IL A NETTOYÉES LAISSENT PASSER UNE LUMIÈRE PLUS DOUCE.

...
C'EST PARCE QUE JE NE VEUX PAS AVOIR À ROUGIR DE MON TRAVAIL DEVANT TOI.
...
EXCUSEZ-MOI DE VOUS AVOIR RACONTÉ TOUT CELA.
NON !
JE SUIS HEUREUX QUE VOUS L'AYEZ FAIT.
ENSUITE, NOUS NOUS SOMMES VUS RÉGULIÈREMENT POUR PRENDRE LE THÉ.
JIN ET MON MARI SE LANÇAIENT DANS DES CONVERSATIONS ANIMÉES, EN ME PLANTANT LÀ.
ILS NE PARLAIENT QUE DE SUJETS FUTILES !
MAIS QUAND MON MARI EST MORT, LE NOMBRE DE VISITES DE JIN A DIMINUÉ.
VOTRE MARI EST DÉCÉDÉ ?
OUI.

ALORS...
... J'AI DONNÉ UN PEU DE SES CENDRES À JIN...
... QUI LES A DISPERSÉES EN SECRET À L'EXTÉRIEUR.
C'EST SI VASTE...
TU NE TE SENTIRAS PAS SEUL ?
JE ME DEMANDE S'IL NE S'EST PAS FAIT RÉPRIMANDER À CAUSE DE CELA.

MAIS...
JE PENSE QU'IL N'Y A PAS DE RÈGLEMENT PRÉVOYANT UNE PUNITION POUR CELA.
... C'EST MONSIEUR JIN QUI A FAIT UNE CHOSE PAREILLE...
JUSQU'À SA MORT...
... MON MARI N'A CESSÉ DE DIRE DU MAL DE JIN !
PAR EXEMPLE...
C'EST EN PARTIE CES GENS QUI MOTIVENT MONSIEUR JIN À FAIRE CE TRAVAIL.
“JIN NE ME PLAIT PAS MAIS...
... QUAND ON LUI CONFIE UN TRAVAIL, IL LE FAIT PARFAITEMENT.
ALORS JE FAIS APPEL À LUI MALGRE MOI.”
PUIS IL RIAIT !
ILS S'ENTENDAIENT BIEN, DITES-MOI !
N'EST-CE PAS !

NOUS SOMMES OBLIGÉS DE VIVRE DANS UN ESPACE ÉTROIT.
JE ME DEMANDE SI MON MARI SE SERAIT SENTI LIBRE S'IL AVAIT PU SORTIR.
LE SEUL QUI A PU LUI DONNER CET ESPACE...
... C'EST JIN.
カチ KLING
J'EN ÉPROUVE ENCORE UN CERTAIN DÉPIT.

Chapitre 7 : DERRIÈRE LE MASQUE

ゴン
KLONG
ゴン
KLONG
ゴン
KLONG
ゴン
KLONG
KLONG
ゴン
KLONG
ゴン
TAK
ピタ
...
JE RÊVE...
TU NE RÊVES PAS !
はっ
AH !
QU'EST-CE QUE C'EST ?
C'EST LA PERSONNE QUI S'OCCUPE DE LA SURVEILLANCE DES OBJETS TOMBÉS.
ELLE NOUS SIGNALE LES OBJETS QUI ONT ÉCHAPPÉ AU CENTRE.
IL PARAIT QUE CETTE PERSONNE VIT DANS CET ENDROIT.
AH...

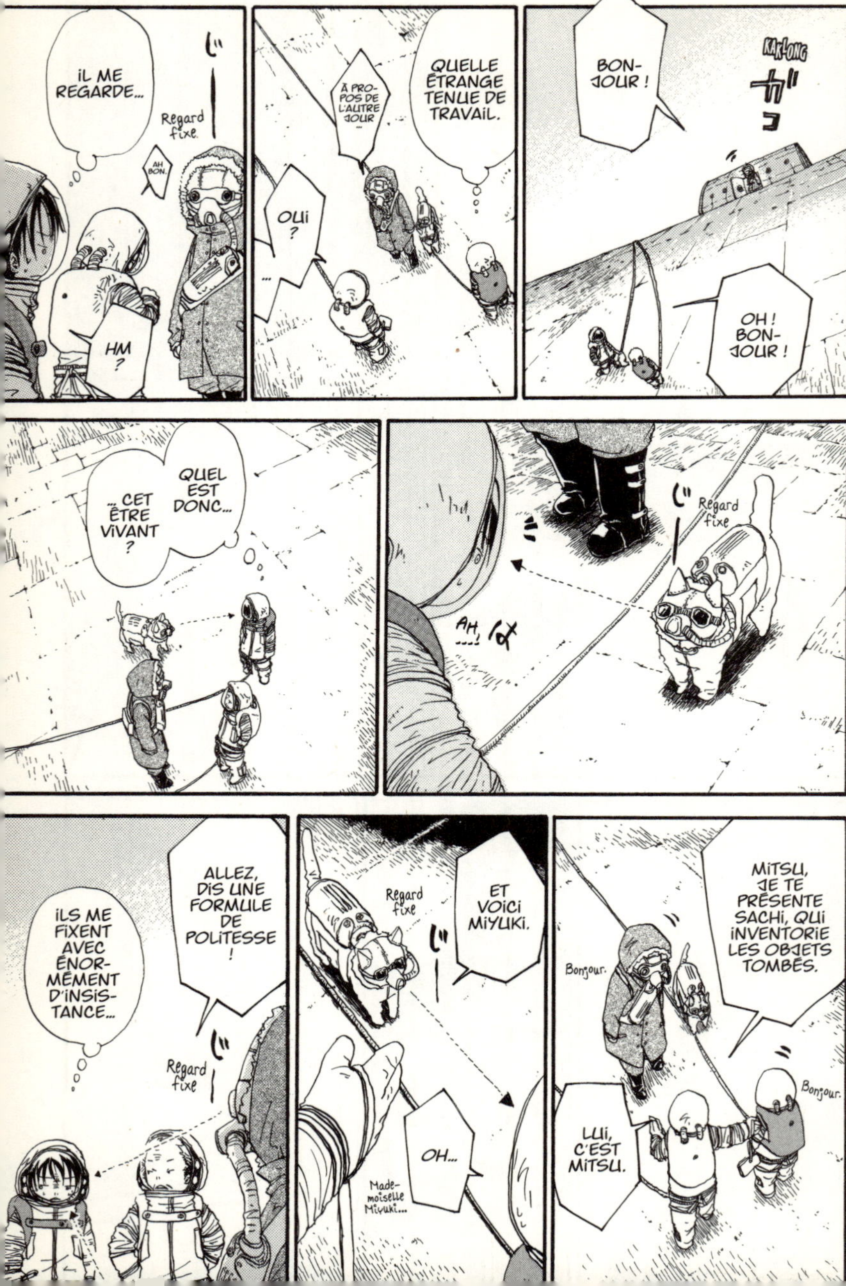
KAK-ONG
BONJOUR !
OH ! BONJOUR !
QUELLE ÉTRANGE TENUE DE TRAVAIL.
À PROPOS DE L'AUTRE JOUR...
OUI ?
...
IL ME REGARDE...
Regard fixe.
AH BON.
HM ?
Regard fixe
AH...!
QUEL EST DONC...
...CET ÊTRE VIVANT ?
MITSU, JE TE PRÉSENTE SACHI, QUI INVENTORIE LES OBJETS TOMBÉS.
Bonjour.
Bonjour.
LUI, C'EST MITSU.
ET VOICI MIYUKI.
Regard fixe
OH...
Mademoiselle Miyuki...
ALLEZ, DIS UNE FORMULE DE POLITESSE !
Regard fixe
ILS ME FIXENT AVEC ÉNORMÉMENT D'INSISTANCE...

J'AI ACHETÉ DU PAPIER-TOILETTE.
ET J'AI AUSSI ACHETÉ DES CONSERVES. ÇA DEVRAIT ALLER COMME ÇA. ENSUITE...
...?
FLAP
くったり
AÏE... NOS REGARDS SE SONT CROISÉS...
FLAP
AH... ALORS, TU ES FATI-GUÉE ?
JE SUIS DÉSOLÉE ! ON S'EN VA ?

くる
TOURNE
AH!
どきっ
Regard fixe
じー…
ELLE ME DÉVORE DES YEUX...!
Regard fixe
じー
TAP TAP TAP
てくてく
VA-T'EN VITE !
VITE...
てくてく
TAP TAP TAP TAP
?
TAP TAP
てくてく
TAP TAP
てくてく…
AH !
はっ
ELLE RE-VIENT !

* PANNEAUX PORTANT LE NOM DE DIFFÉRENTS PLATS : LÉGUMES SAUTÉS À L'AIL, VIANDE SAUTÉE, NOUILLES AUX GERMES DE SOJA, RIZ AU CURRY, ETC.

ET PUIS, JE N'AI PAS LES MOYENS DE M'ÉQUIPER AUSSI BIEN QUE VOUS.
C'EST POUR CELA QUE MON VISAGE ROUGIT.
AH...?
C'EST JIN QUI ME L'A DIT, MAIS...
... TON PÈRE, C'EST AKI, N'EST-CE PAS ?
JE NE L'AI PAS VU DEPUIS LONGTEMPS. IL A QUITTÉ SON TRAVAIL ?
IL EST TOMBÉ.
QUOI ?
IL A EU UN ACCIDENT PENDANT SON TRAVAIL ET IL EST TOMBÉ DU SYSTÈME ANNULAIRE.
...
ET TA MÈRE ?
ELLE VA BIEN ?
IL PARAIT QU'ELLE EST MORTE PEU DE TEMPS APRÈS MA NAISSANCE.
AH BON...!
JE NE ME SOUVIENS PAS DU TOUT D'ELLE...
AH BON...
GLOUP
JE SUIS VRAIMENT EXTÉRIEURE AU SYNDICAT...
ON NE M'AVAIT RIEN DIT POUR AKI...
HIPS
...
ELLE EST IVRE.
Sanglots
MAINTENANT QUE JE TE L'AI DIT, PARDONNE AU SYNDICAT.

DIS, JIN !
TU NE SAIS PAS OÙ EST MIYUKI ?
NON, JE NE L'AI PAS VUE.
TU NE SAIS VRAIMENT PAS OÙ ELLE POURRAIT SE TROUVER ?
POURQUOI ?
ELLE A DISPARU...
CE N'EST PAS LA PEINE DE TE METTRE DANS TOUS TES ÉTATS POUR ÇA !
ELLE N'EST PAS VENUE ICI.
NE SE CACHE-T-ELLE PAS QUELQUE PART ?
KLONG
KLONG
KLONG
KLONG

QUELLE GUIGNE ! IL NE LUI RESTE DANS SA BONBONNE...
... QUE DE L'OXYGÈNE POUR 1 HEURE ENVIRON.
...
SACHI !
JE VAIS LA CHERCHER AVEC TOI.
HAA...
HAA...
HAA...
QU'A DIT JIN ?
IL A DIT QUE CE SERAIT À CHARGE DE REVANCHE.
Et puis quoi encore ?
GRR !
HUM...
AU FAIT, MONSIEUR JIN A PEUR QUAND IL SE RETROUVE SEUL.
Il a appelé quelqu'un pour me remplacer.
?
AH...

C'EST BIZARRE QU'ON NE LA RETROUVE PAS DANS UN ENDROIT OÙ IL N'Y A RIEN COMME ICI !
ELLE EST VRAIMENT IMPOS-SIBLE...
DIS, MITSU, POURQUOI ES-TU DEVENU NETTOYEUR DE VITRES ?
PARCE QUE TON PÈRE FAISAIT CE TRAVAIL ?
C'ÉTAIT LA RAISON AU DÉBUT, MAIS MAINTENANT, ÇA A UN PEU CHANGÉ.
J'AIMERAIS RÉUSSIR À FAIRE MON TRAVAIL COMME IL FAUT...
... POUR QU'UN JOUR, JE ME TROUVE AU MÊME ENDROIT QUE CELUI OÙ ÉTAIT PAPA...
... ET QUE JE DESCENDE SUR LA TERRE POUR Y TÉMOIGNER DE CE QUE CELA M'A FAIT...
AH... C'EST BIEN !
TU T'ENTENDAIS BIEN AVEC PAPA ?
NON, JE NE LUI AI PRESQUE JAMAIS PARLÉ.
AH ?
POURTANT, ELLE ME POSE BEAUCOUP DE QUESTIONS À SON SUJET...

MAIS JE L'AI PERDUE DE VUE TOUT D'UN COUP...
HMUH !
QUOI ?
...
HMUH !
HMUH !
HMUH !
HMUH !
HMUH !
VOILÀ DONC OÙ ELLE SE TROUVAIT !
Sotte !
MITSU, VA LA CHERCHER.
OUI.
...
KLONG
KLONG
?
KLONG

KLONG
KLONG
WAH !
KLONG
HM ?
WHUM
WHUM
Mitsu ?
KLONG
YOUHOU !
C'EST BIEN MITSU ! COMME C'EST GENTIL DE SA PART DE NOUS FAIRE SIGNE !
Salut chaleureux
TIENS ? IL Y A QUELQUE CHOSE EN BAS...
OH !
HMUH !
KLANG
HMUH !
KLANG
HMUH !
AH ! MAIS QU'EST-CE QUE C'EST QUE ÇA ?
Tu t'es de nouveau frottée partout, hein ?
LA BONBONNE EST COINCÉE DANS LA RAINURE...
KLONG
KLONG
HAN
... EUH... MAIS...?
SACHI !!
DANG
KRAAK

KLONK
A... DAM
BANG
OUAAAH !
QU'EST-CE QUI SE PASSE ?
SACHI !
TOHK
ICI, LE CENTRE ! IL Y A QUELQU'UN ?
ÇA VA ?
PSHH
SHHH
SHHH
HAA...
HAA...
SACHI, OÙ EST TA BONBONNE DE RÉSERVE ?

JE N'EN AI PAS.
HAA...
HAA...
MAIS QU'EST-CE QU'ON VA FAIRE ?
HI !
ÇA IRA. JE N'EN AI PAS BESOIN.
FLAP
MONSIEUR JIN ! VOUS M'ENTENDEZ ?
MONSIEUR JIN !
LAISSE, MITSU...
EN FAIT...
... C'EST PLUTÔT AGRÉABLE...

COMMENCE PAR LÀ.
OUI.
...
HM ?
ずずZZZ...

MITSU !
SACHI !
FROTT
FROTT...
TU VAS MIEUX ?
OUI !
DÉSOLÉE ! ELLE S'EST DE NOUVEAU ÉCHAPPÉE.
Tu vas encore être coincée quelque part.
VEUX-TU QUE JE TROUVE QUELQU'UN À L'INTÉRIEUR QUI PUISSE S'OCCUPER D'ELLE ?
PAS LA PEINE.
ELLE N'EST PAS HABITUÉE À LA GRAVITÉ ET À LA PRESSION QUI RÈGNENT À L'INTÉRIEUR DU SYSTÈME.
HEUREUSEMENT QUE JIN EST ARRIVÉ TOUT DE SUITE L'AUTRE JOUR !
HAA...
LA TRANSMISSION RADIO A FONCTIONNÉ.
HAA...
Heureusement que j'ai remarqué ce qui se passait !
HAA...
J'AI APPORTÉ UNE BONBONNE !
VOUS AVEZ COURU JUSQU'ICI...
Merci !
MAIS APRÈS, IL M'A PASSÉ UN SACRÉ SAVON !
HA ! HA ! HA !
Il n'y a pas de quoi se vanter !
HÉ HÉ..
C'EST BIZARRE, DANS CE GENRE DE MOMENTS, SOIT ON SE SENT FRUSTRÉ...
... SOIT ON MEURT EN PAIX.
MOI, J'AI TENU BON.
Mais j'ai cru que j'allais mourir.
C'ÉTAIT CE QU'IL FALLAIT FAIRE.

iL...
... NE FAUT PAS PARTiR Si FACiLEMENT.
...
TU SAiS, TON PÈRE...
FROTT FROTT
... JE L'APER-CEVAiS SOUVENT ...
... DE L'iNTÉ-RiEUR DE MON ENGiN.
JE LE VOYAiS, C'EST TOUT.
EN FAiT, NOUS NE NOUS SOMMES PRESQUE JAMAiS PARLÉ.
QUAND TU M'AS DiT QU'iL ÉTAiT TOMBÉ...
... PENDANT SON TRAVAiL, J'Ai PENSÉ...

... QUE COMME L'ÂME EST LÉGÈRE...
... ELLE POURRAIT REMONTER DE LA TERRE JUSQU'ICI.
...
C'EST UNE CHOUETTE FAÇON DE VOIR LES CHOSES.
TU TROUVES ? MERCI.
C'EST BIZARRE.
OUI, PEUT-ÊTRE.

...
Si C'ÉTAIT VRAI...
...
... CE SERAIT CHOUETTE.

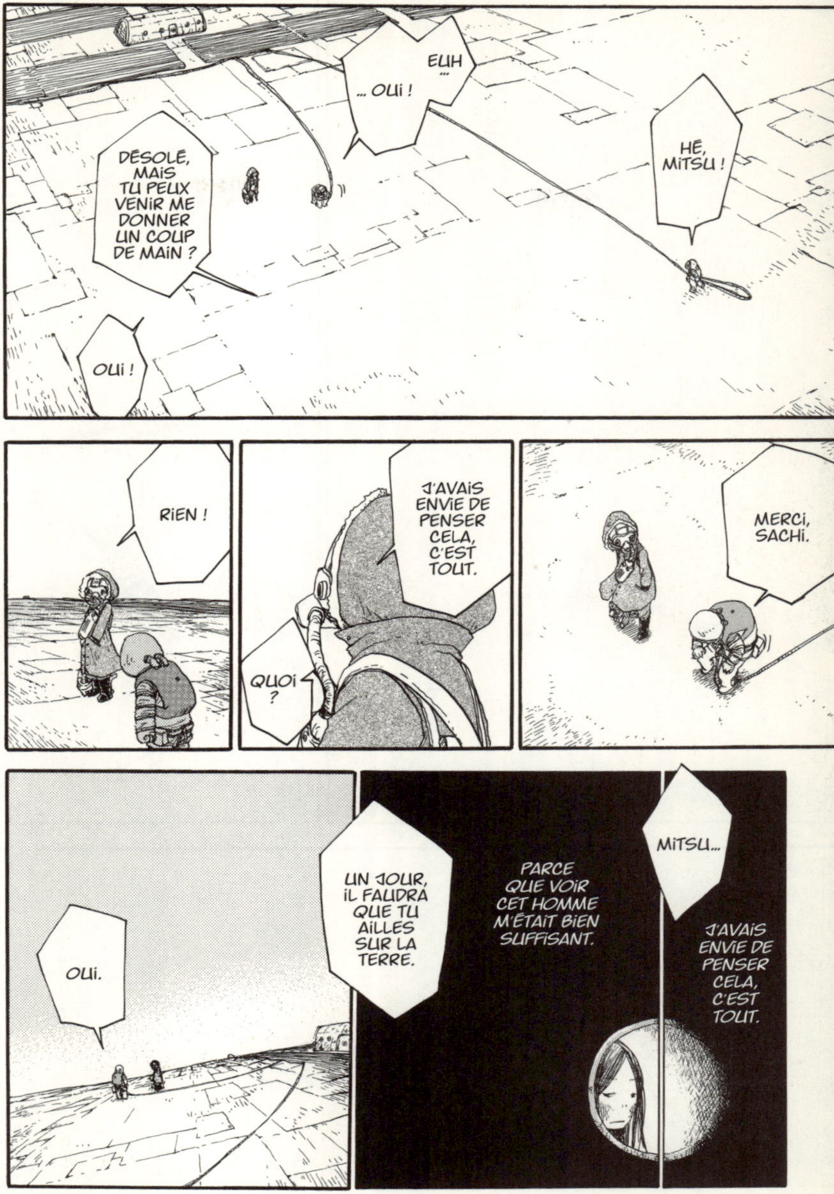
HÉ, MITSU !
EUH ...
... OUI !
DÉSOLÉ, MAIS TU PEUX VENIR ME DONNER UN COUP DE MAIN ?
OUI !
MERCI, SACHI.
J'AVAIS ENVIE DE PENSER CELA, C'EST TOUT.
QUOI ?
RIEN !
MITSU...
J'AVAIS ENVIE DE PENSER CELA, C'EST TOUT.
PARCE QUE VOIR CET HOMME M'ÉTAIT BIEN SUFFISANT.
UN JOUR, IL FAUDRA QUE TU AILLES SUR LA TERRE.
OUI.

Chapitre 8 : L'INVENTION

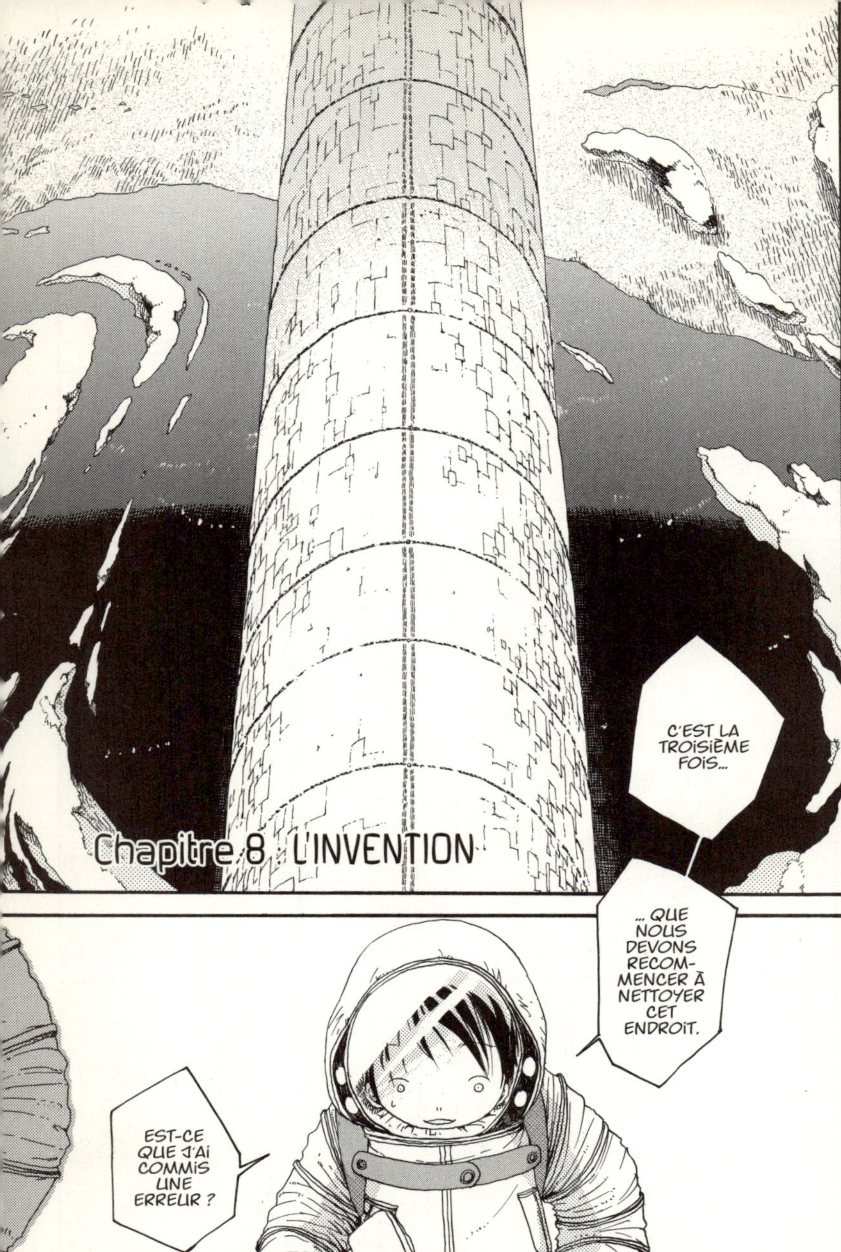

NON, TU N'AS RIEN FAIT D'ANORMAL.
OH !
VOUS NE PARLEZ PAS SOUVENT COMME ÇA, MONSIEUR JIN !
GRMBL ブッ
J'AI CONSIDÉRÉ QUE LE TRAVAIL ÉTAIT ACHEVÉ. JE NE VOIS PAS OÙ EST LE PROBLÈME.
GRMBL ブッ
GRMBL ブッ
Monsieur Jin...
KRII KRII ギリ ギリ
JE N'AIME PAS CETTE SITUATION...
AH ! は
CLIC パチ
BIP
SSS す
ZAM パッ
WAH ! わ
LE PETIT SALAUD... IL A ACTIONNÉ UN ÉCRAN.
IL NOUS REJETTE COMPLÈTEMENT.
BRR プル
BRR プル
MAIS IL Y A DES GENS QUI N'ONT PAS ENVIE QU'ON LES OBSERVE...
QUELLE PUDEUR EXASPÉRANTE !
BAM げしっ
BAM げしっ
Monsieur Jin...

USINE DE BIOGAZ
ON PEUT QUAND MÊME MANGER ENSEMBLE DE TEMPS EN TEMPS, NON ?
J'AI MÊME PRIS UN CASSE-CROÛTE.
HÉ LÀ ! JIN ! ON N'ENTRE PAS SANS PERMISSION !
HUM
HUM
AH... OUI... ÇA ME FAIT PLAISIR... JE CROIS.
DÉCIDE-TOI !
WIIIN
VOUS DÉJEUNEZ SOUVENT AVEC TAMACHI, N'EST-CE PAS ?
OUI, ET HARUKO A LA BONTÉ DE NOUS PRÉPARER UNE BOÎTE-REPAS.
SNIF
HM ?
FWUMM
ÇA PUE !
L'odeur nous imprègne...
DÉSOLÉ, AUJOURD'HUI, NOUS AVONS DÛ VÉRIFIER LE GAZOMÈTRE.
FWUMM
Bonjour ! Ça fait longtemps !
OH !
AH !

JE VOUS AI DÉJÀ VU.
OUI, JE VOUS AI DEMANDÉ UN NETTOYAGE DE VITRES AU NIVEAU INFÉRIEUR.
AH OUI ! C'EST ÇA !
VOUS ÊTES LE MARIÉ... MONSIEUR MONTA !
Si je me souviens bien...
JE M'APPELLE SÔTA.
JE TRAVAILLE ICI.
C'est un nom ancien, ça
OH...
NOUS SOMMES NOMBREUX...
EN EFFET.
C'EST CURIEUX, JE M'AMUSE BIEN.
ÇA NE NOUS CONCERNE PAS, HEIN, MITSU ?
EUH ? QUOI DONC ?
AAH...
ÉCOUTE, VOYONS !
ON RACONTE QU'ON EST EN TRAIN DE CONSTRUIRE UN ROBOT POUR NETTOYER LES VITRES.
OH... UN ROBOT...?
SHH SHH SHH
MITSU...
S'IL EST AU POINT, CELA AURA UNE INFLUENCE SUR VOTRE TRAVAIL, N'EST-CE PAS ?

LES HISTOIRES DE CE GENRE, ON IGNORE QUAND ET COMMENT ELLES VONT SE RÉALISER, ET ÇA M'EST BIEN ÉGAL !
BAM
CE QUI ME PRÉOCCUPE, C'EST UN PROBLÈME IMMÉDIAT BIEN ENNUYEUX.
Un robot...
おお OH !
UN CLIENT NOUS A DÉJÀ FAIT RECOMMENCER 3 FOIS NOTRE TRAVAIL.
DE PLUS, IL NE NOUS DONNE AUCUNE INSTRUCTION CONCRÈTE ET SE CONTENTE DE NOUS DIRE DE RECOMMENCER.
J'IGNORE CE QUI NE LUI CONVIENT PAS.
ÇA N'A PAS L'AIR DRÔLE, DITES-MOI !
C'EST PEUT-ÊTRE UN MAUVAIS PLAISANT ?
GWAH!
くわっ
DANS CE CAS, JE VAIS LE TRUCIDER !
ENFIN, IL Y A PEUT-ÊTRE VRAIMENT UN PROBLÈME QUELQUE PART.
AH OUI ?
HUM...
S'IL NOUS DIT ENCORE DE RECOMMENCER, JE POURRAIS LUI DEMANDER CE QUI NE VA PAS.

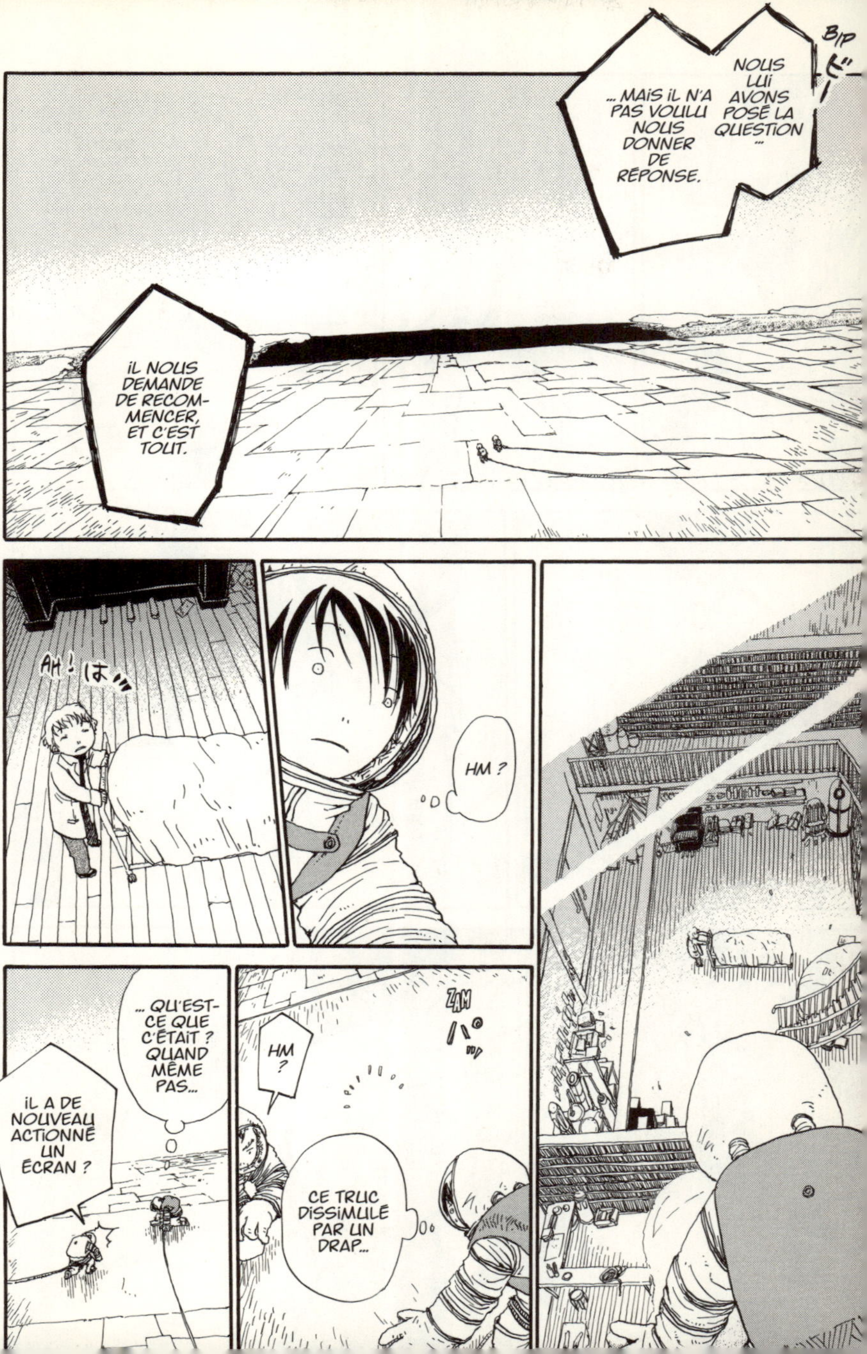
BIP
ビ
NOUS LUI AVONS POSÉ LA QUESTION ...
... MAIS IL N'A PAS VOULU NOUS DONNER DE RÉPONSE.
IL NOUS DEMANDE DE RECOMMENCER, ET C'EST TOUT.
HM ?
AH ! は
ZAM
パ
HM ?
CE TRUC DISSIMULÉ PAR UN DRAP...
... QU'EST-CE QUE C'ÉTAIT ? QUAND MÊME PAS...
IL A DE NOUVEAU ACTIONNÉ UN ÉCRAN ?

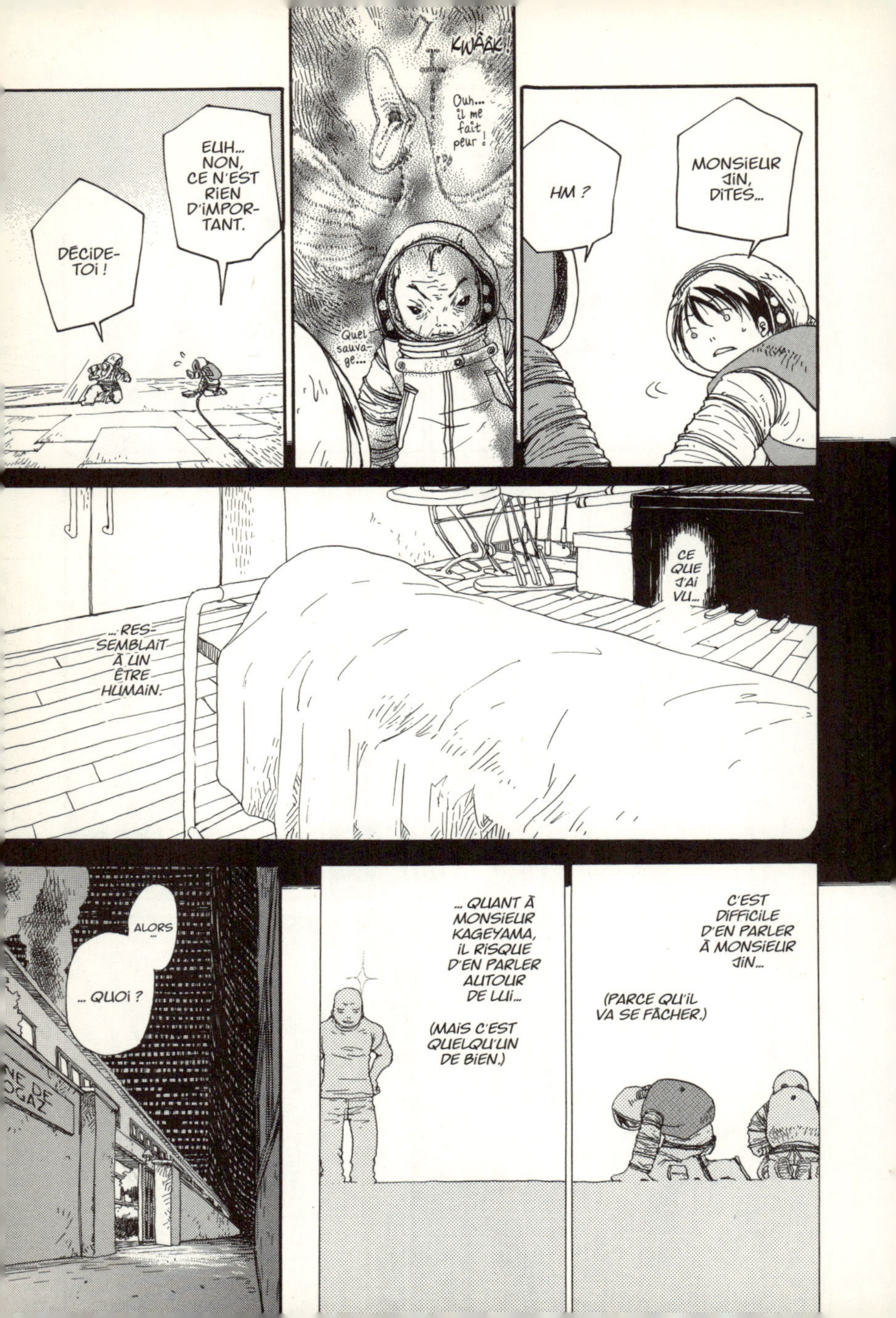
MONSIEUR JIN, DITES...
HM ?
KWÂÂK !
Ouh... il me fait peur !
Quel sauvage...
EUH... NON, CE N'EST RIEN D'IMPORTANT.
DÉCIDE-TOI !
CE QUE J'AI VU...
... RESSEMBLAIT À UN ÊTRE HUMAIN.
C'EST DIFFICILE D'EN PARLER À MONSIEUR JIN...
(PARCE QU'IL VA SE FÂCHER.)
... QUANT À MONSIEUR KAGEYAMA, IL RISQUE D'EN PARLER AUTOUR DE LUI...
(MAIS C'EST QUELQU'UN DE BIEN.)
ALORS ...
... QUOI ?

TU TROUVES QUE C'EST LOUCHE, ÇA ?
OUI, COMME C'ÉTAIT UNE FORME HUMAINE, JE ME DEMANDE S'IL NE S'AGIT PAS D'UNE AFFAIRE SUSPECTE.
...
IL VAUDRAIT MIEUX APPELER LA POLICE, VOUS NE PENSEZ PAS ?
SI C'ÉTAIT UN CADAVRE ? QUELLE HORREUR !
DIS...
... S'IL Y AVAIT VRAIMENT EU UN MEURTRE...
... CET HOMME AURAIT MASQUÉ SA FENÊTRE DÈS LE DÉPART, NON ?
AH...
TU FERAIS MIEUX D'ATTENDRE ENCORE UN PEU, TU NE CROIS PAS ?
AH...
FROFF
FWAM
AIE CONFIANCE EN TON CLIENT.
ET SI TU N'Y ARRIVES PAS, NE TE MÊLE PAS TANT DE SES AFFAIRES.
MAIS...!

QUAND LE CLIENT NON PLUS NE ME FAIT PAS CONFIANCE, JE N'Y ARRIVE PAS.
QUAND J'AI TRAVAILLÉ POUR MONSIEUR TANUKI...
ALORS, C'EST À TOI DE LUI FAIRE CONFIANCE.
TU AS ENVIE DE FAIRE DU BON TRAVAIL, N'EST-CE PAS ?
UH... うっ
MAIS...
ET SI ÇA NE MARCHE PAS COMME ÇA NON PLUS, LAISSE TOMBER.
EUH ? え
C'EST DU MOINS CE QUE DIRAIT JIN.
Chuchotement
HM... ん―…
TAMACHI...
USIN BIO
CE SERAIT SI BIEN SI TU RETOURNAIS AU SYNDICAT...
Tu aimes ce travail, n'est-ce pas ?
JE N'Y RETOURNERAI PAS.
PARCE QUE JE L'AI DÉCIDÉ.
...
BON.

MAINTENANT, ÇA FAIT LA CINQUIÈME FOIS.
MONSIEUR JIN AUSSI...
SHH
... EST FÂCHÉ.
SHH
BIP
EXCUSEZ-MOI, VOUS AVEZ UN MESSAGE DE VOTRE CLIENT.
IL VOUS DEMANDE D'INSISTER PARTICULIÈREMENT SUR LA PARTIE AU SUD-EST.
TAK
ET PUIS, 5 OU 6 ENDROITS ONT RETENU SON ATTENTION...
AH...
MONSIEUR JIN ! ÇA, C'EST BIEN, N'EST-CE PAS ?
AINSI, NOUS SAVONS OÙ NOUS DEVONS RECOMMENCER.
IL VOUS DEMANDE AUSSI DE MARCHER AVEC PRUDENCE CAR IL LUI SEMBLE QU'IL Y A DES FISSURES.
KRII
KRII
KRII
BFF
SHHHH
...!

JE NE SUIS PAS MONSIEUR JIN...
... MAIS J'AVOUE QUE DANS CES CONDI-TIONS...
... JE COMPRENDS DE MOINS EN MOINS...
... CE QUE JE SUIS EN TRAIN DE FAIRE.

SIXIÈME FOIS...
MONSIEUR JIN ! NOUS A-T-ON COMMUNIQUÉ LA LISTE DES ENDROITS À SOIGNER PARTICULIÈREMENT ?
C'EST LE TROISIÈME DOSSIER.
IL Y A TELLEMENT D'INFORMATIONS QUE JE N'ARRIVE PAS À LES LIRE.
...
Plein !
BIP
NOUS AVONS RÉUSSI À CONTACTER VOTRE CLIENT.
BIEN.
IL EST D'ACCORD DE VOUS RENCONTRER DANS LA MATINÉE.
MITSU, EXCUSE-MOI DE TE DEMANDER ÇA, MAIS...
... SI TU VOIS QUE JE SUIS SUR LE POINT DE FRAPPER LE CLIENT, RETIENS-MOI.
JE... JE N'Y ARRIVERAI PAS.

SOYEZ LES BIENVENUS.
BONJOUR.
QU'EN DITES-VOUS ? TOUT ÇA, CE SONT DES PRODUITS QUE J'AI MIS AU POINT.
ÇA NE M'INTÉRESSE PAS, VOUS SAVEZ.
VOUS NOUS DEMANDEZ SANS CESSE DE RECOMMENCER LE TRAVAIL. EST-CE QUE NOTRE FAÇON DE FAIRE POSE PROBLÈME ?
AH... LE DRAP...
NON ! JE ME SUIS SIMPLEMENT SERVI DE VOUS POUR PRENDRE DES ÉCHANTILLONS.
DES ÉCHANTILLONS ?

C'EST UN SECRET INDUSTRIEL...
QU'EST-CE QUE C'EST QUE ÇA ?
UN PETIT ASPIRATEUR TÉLÉCOMMANDÉ.
COMMENT LE TROUVEZ-VOUS ?
IL SERVIRA POUR LES PAROIS EXTÉRIEURES DU SYSTÈME ANNULAIRE.
POURQUOI AVEZ-VOUS INVENTÉ ÇA ?
FABRIQUER DES CHOSES, C'EST NATUREL, NON ?

MA SOCIÉTÉ EST DEVENUE IMPORTANTE PARCE QU'ELLE A TROUVÉ DES SUBSTITUTS AU TRAVAIL HUMAIN.
EN FAIT...
... NOUS PENSONS QU'IL N'EST PAS NÉCESSAIRE QUE L'HOMME S'OCCUPE...
... DU NETTOYAGE, DU LAVAGE DU LINGE, DU MÉNAGE DANS SON ENSEMBLE, DES SOINS AUX PLANTES ET AUX ANIMAUX.
VOUS-MÊMES, N'AVEZ-VOUS JAMAIS PENSÉ CELA ?
N'AVEZ-VOUS JAMAIS PENSÉ QU'ON N'AVAIT PAS BESOIN DE NETTOYEURS DE VITRES ?

MONSIEUR JIN...
OUI, PEUT-ÊTRE.
VOUS VOYEZ !
POUR LE CLIENT AUSSI, CETTE FAÇON DE FAIRE EST PLUS SIMPLE, VOUS NE TROUVEZ PAS ?
MONSIEUR JIN NE NIE PAS...
PERSONNE NE L'OBSERVE, ET IL BÉNÉFICIE DE LA SÉCURITÉ.
ET SURTOUT, C'EST UNE MÉTHODE BON MARCHÉ.
VOUS, VOUS TROUVEZ TOUTES SORTES DE PRÉTEXTES...
... POUR NOUS ENVOYER DES FACTURES, CONCERNANT L'ENTRETIEN PAR EXEMPLE.
EN EFFET.
MAIS CE SONT DES DÉPENSES NÉCESSAIRES.
AUTREMENT DIT...
... IL CONSIDÈRE QUE MON PÈRE, TAMACHI ET NOUS TOUS...

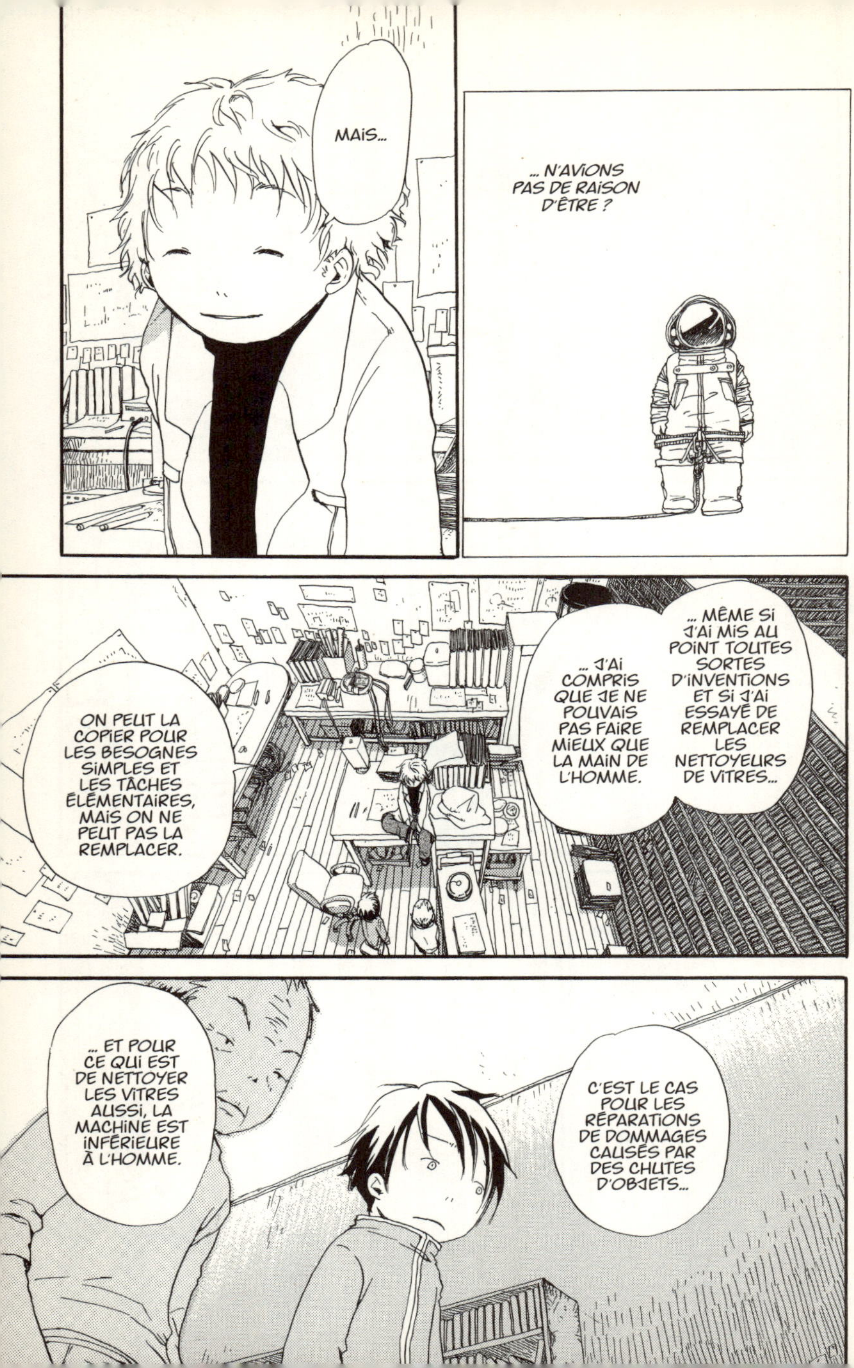
... N'AVIONS PAS DE RAISON D'ÊTRE ?
MAIS...
... MÊME SI J'AI MIS AU POINT TOUTES SORTES D'INVENTIONS ET SI J'AI ESSAYÉ DE REMPLACER LES NETTOYEURS DE VITRES...
... J'AI COMPRIS QUE JE NE POUVAIS PAS FAIRE MIEUX QUE LA MAIN DE L'HOMME.
ON PEUT LA COPIER POUR LES BESOGNES SIMPLES ET LES TÂCHES ÉLÉMENTAIRES, MAIS ON NE PEUT PAS LA REMPLACER.
C'EST LE CAS POUR LES RÉPARATIONS DE DOMMAGES CAUSÉS PAR DES CHUTES D'OBJETS...
... ET POUR CE QUI EST DE NETTOYER LES VITRES AUSSI, LA MACHINE EST INFÉRIEURE À L'HOMME.

EN FIN DE COMPTE, ON NE PEUT PAS ÉGALER L'ÊTRE HUMAIN.
J'AI SIMPLEMENT RÉUSSI À COMPRENDRE CETTE ÉVIDENCE.
RIEN DE CE QUE J'AI CONSTRUIT N'ARRIVE À LA HAUTEUR DE L'HOMME.
QUAND JE VOUS REGARDAIS JE NE SAIS COMBIEN DE FOIS...
... JE ME DISAIS QUE CE QUE JE FAISAIS N'AVAIT PEUT-ÊTRE AUCUN SENS.
C'EST POUR CELA QUE J'AI TELLEMENT CHICANÉ.
DÉSOLÉ.
EN ME COMPORTANT COMME JE L'AI FAIT, J'AI ESSAYÉ DE VOUS BRIMER.

KARATÉ
SHH
WAOUH !
BONG
JE COMPRENDS VOTRE SENTIMENT MAIS JE NE PEUX VOUS PARDONNER.
EUH ?
SHHHH
CE N'EST PAS QUE JE NE LE COMPRENDS PAS...
... MAIS J'AVAIS BESOIN DE ME DÉFOULER.
PSHHH
IL Y A SÛREMENT D'AUTRES CHOSES À FAIRE !
WAH...
N'EST-CE PAS, MITSU ?!
GRRR
UH !
ET VOUS, QUE PENSEZ-VOUS DU TRAVAIL DE NETTOYEUR DE VITRES, MONSIEUR JIN ?
HM ? CE QUE J'EN PENSE ?

EN FIN DE COMPTE...
... JE FAIS CE TRAVAIL POUR MOI.
PARCE QUE J'EN SUIS VENU À L'AIMER.
Wah ! Quelles lèvres bizarres !
L'IMPORTANT, C'EST D'ABORD D'AIMER SON TRAVAIL.
ET LE RESTE, TU Y RÉFLÉCHIRAS TOI-MÊME.
...
JE NE COMPRENDS PAS ENCORE TRÈS BIEN.
OH...

IN THE LOFT

HA ! HA !
...
TU N'ENTRES PAS, MITSU ?
NON.
JE VEUX UN PEU RÉFLÉCHIR.
RÉFLÉCHIR ? À QUOI ?
EUH... À RIEN DE SPÉCIAL.
FERIONS-NOUS MIEUX D'ALLER LUI PRÉSENTER NOS EXCUSES ?
SHH SHH
SHH
SI SEULEMENT IL AVAIT PU PERDRE LA MÉMOIRE SOUS LE CHOC...
AAH... ハァ

MONSIEUR J...
...
...
...?
J'ENTENDS QUELQUE CHOSE...
Humm

Merci à Hideki Egami, Mami Hirai, Megumi Kassai, M. Fumika, M. Kinozuka et à vous qui avez lu ce livre.

LA CITÉ SATURNE 1 : fin

Ce manga est publié dans son sens
de lecture originale, de droite à gauche.

Ici, vous êtes donc à la fin.

DOSEI MANSION 1 by Hisae IWAOKA

Original Japanese edition published in 2006 by Shogakukan Inc., Tokyo
French translation rights arranged with Shogakukan Inc. through the Kashima Agency
for Japan Foreign-Rights Centre

7, avenue P-H Spaak - 1060 Bruxelles
2e édition

Dépôt légal d/2008/0086/249
ISBN 978-2-5050-0725-8

Traduit et adapté en français par Pascale Simon
Adaptation graphique : Eric Montésinos

Imprimé en Italie par LegoPrint - Lavis (Trento)